乡风呓语

杨烨琼 ◎ 著

黄河出版传媒集团
宁夏人民出版社

图书在版编目（CIP）数据

乡风呓语 / 杨烨琼著. —银川：宁夏人民出版社，
2018.8
　（阵地文丛 / 白麟主编）
　ISBN 978-7-227-06945-4

Ⅰ. ①乡… Ⅱ. ①杨… Ⅲ. ①散文集—中国—当代
Ⅳ. ①I267

中国版本图书馆CIP数据核字（2018）第209222号

阵地文丛　　　　　　　　　　　　　白　麟　主编
乡风呓语　　　　　　　　　　　　杨烨琼　著

责任编辑　闫金萍
责任校对　杨　皎
封面设计　朱振涛
责任印制　肖　艳

黄河出版传媒集团
宁夏人民出版社　出版发行

地　　址　宁夏银川市北京东路139号出版大厦（750001）
网　　址　http://www.yrpubm.com
网上书店　http://www.hh-book.com
电子信箱　nxrmcbs@126.com
邮购电话　0951-5052104　　5052106
经　　销　全国新华书店
印刷装订　陕西天丰印务有限公司
印刷委托书号（宁）0010943

开本　889mm×1194mm　　　1/32
印张　7　　　字数　166 千字
版次　2018年11月第1版
印次　2018年11月第1次印刷
书号　ISBN 978-7-227-06945-4
定价　44.00元

序一　灵魂的温度与地域的诗意

——杨烨琼散文集《乡风呓语》创作原点透视

柏　相

日照人间，风行于世，每一种生命都在冥冥之中，不知不觉地与周围的一切进行着某种融入与交换。在哭着喊着来到这个世界最本初的那一刻，没有谁，包括哪怕是某种最不起眼的微生物，都不是带着某种使命或明晰的目标的。不管你愿不愿意，每个人都终将会有一个终点。时光就像是一位最懂你、最善意或者最不容分辩的牧者，在我们最终告别这个世界的那一瞬间，把我们每个人赶入了那一块最适合你游弋的天空、海岛、山林或空地。

于是，若干年之后，有些人成为某个时代的恶人，一如盗跖、秦桧与希特勒；有些人成为穿越千山万水的智者，一如孔丘、墨翟与老聃、亚里士多德、伽利略；有些人也成了某种标签，比如改革的先驱、政治的行家里手、商人、屠夫或者学者。

正因为如此，杨烨琼写散文，或者说成为散文作家，我个人一点都不感觉到意外。在近些年逐渐崛起的宝鸡散文作家之中，吕向阳的名字自然是如日中天、炙手可热，而扶小风、张静、胡宝林、卢文娟、李娟莉、赵玲萍、季纯、提秀莲、赵洁等也紧随其后，使古陈仓这块皇天后土的文学后花园焕发出了勃勃的生机，而杨烨

1

琼，就是其中不容被忽略的一位。

杨烨琼散文最大的特点，就是表面上看起来似乎只是在静静地叙述那些在古籍里沉睡了好久的故事，只是在从容地挖掘那些在断壁残垣的深处被人们忽略了许多年的壁崖或沟庵，只是在那些凡庸琐碎的日子里感受那些稍纵即逝的历史或情感的瞬间，但是，每一篇却都泛透着灵魂的温度与地域的诗意。这本《乡风呓语》的出版，可以说既是眉县散文创作繁荣的先兆，也是近些年来宝鸡散文不容忽视的重要收获之一。

杨烨琼以眉县及其周边市镇村落遗失已久的历史文化线索为切入点的系列散文，不只是简单地以逸散在乡间和时光角落的带有历史余温牌匾、经幢、石碑、老地名或名人轶事为其文章架构的经络，不只是文学化地回放自己严谨的考据和悉心寻访的过程，不只是为日益忽略了自己来处与归途的人们提供一些饭后茶余的谈资，而是自己对自己灵魂的一个交代，自己对自己光阴的一次告白，自己对自己精神的一种抚慰，同时也在有意或无意间，为流落眉坞及其周边坊间的文化因子与精神元神提供了一处盛世的庇护之所，并间接地吹响了县域特色文化挖掘整理与地方文化繁荣与自信的集结号。

当下的宝鸡文坛，虽然许多作家都在写散文，但真正走心或者被编辑读者真正喜欢的文字并不多。究其原因，据我个人观察，无外乎以下三点：一是过分追求境界或格局，远离当下的时代与生活，有扭捏作态、故作高深或隔靴搔痒之憾；二是过分沉溺于局部生活的琐碎或凡庸，总是跳不出被经典固化的窠白，充满着大师党的味道或有拾人牙慧之嫌；三是对当下正在发生的一切没有一个全局或通透的认识，总是在盲目地思恋过去，对时代巨变背后的精神纹理或异质支撑，缺乏划时代或跳出时代之外的有深度的表述，有被时光遗弃或跟不上时代步履之感。

当然，每一位作家诚心诚意的创作都值得肯定，我们肯定也不能因此而断然否定宝鸡的诸多作家在新时期的散文创作领域为宝鸡文学和宝鸡文化所作出的努力和贡献。俗话说："一方水土养一方人"，但其实"一方人也养一方水土"。新时代的宝鸡散文，若还要在以吕向阳所建立的文学高度上奋然前行并在陕西乃至全国散文创作领域有所突破或建树，也的确需要宝鸡的各位散文作家在冷静思考的维度上，付出很大的创作辛苦与创作努力。

杨烨琼以地域文化因子和旧时光思恋为切入点的散文，很多人很容易看成是吕向阳老关中与神态度系列散文创作方向的延伸或衍射。这种创作方向，对某些地域性文化自信的修复或呼唤，的确也有举足轻重或不可或缺的价值。但是，一个作家，若仅仅只是着眼于地域性的精神疗愈或文化修复，也是一件很值得警惕的事情。

（作者系宝鸡市现代文学学会副会长、陕西文学研究所特聘研究员）

序 二

李晓应

突然接到昔日学生烨琼的短信，要我给他的新书《乡风呓语》写序，随后就发来了书稿。

好长时间没有动笔了，忽然提起笔总有些胆怯。

我迅速翻看书稿。他的有些篇目我以前已经看过，这次通篇阅读还是震撼到了我。他对乡村碑石、志记的考释与研究，对乡风乡俗的记述与追忆，对村民故事的描述把我带进了北方农村优美的田园风景画中，受着淳朴的乡风乡俗的熏染，我似乎已经醉了。他的作品中浓烈的感情，深厚的文字功底，坦露出的文学才华深深地吸引了我，也勾起了我童年的记忆，我有了表达我感想的冲动。

乡村遗留下来的石碑所记录的历史及民间传说故事中，有历史的印记，有动人的故事，有淳朴的乡风民愿，但这些很少有人注意到。

我也曾想考释我的家乡"仝寨村"的来历，想必是一个安营扎寨的地方，但考查起来难度很大，最终没有什么结果，也许有一段轰轰烈烈的历史故事就淹没在时间的长河中了。后代人无从知道他世世代代生活的家乡的历史印痕，这是何等的可惜和遗憾。

《乡风呓语》抓住了这个无人关注的点，使它更有意义和价值，更接近生活的底气。《苏轼与太白山》《眉县乾隆古碑》《康熙古碑》《嘉庆古碑》《敕封碑的历史故事》，实实在在地记录了那一时代的乡间往事，拉近了我们与历史的距离，家乡人看了倍感亲切。从《凤翔"义坞堡"的报恩往事》《眉县孔公渠的历史故事》《东湖凌虚台的历史故事》《眉县清代屏风传家风》及《扶风伏波村的故事》中，我们看到了感人至深的道德风尚，传统道德的精髓就在这动人的故事中一代一代传颂于乡村民间，浸润着后人的心灵，教化着后人的言行，传承着中华民族的美德，《乡风呓语》的意义和价值也就不言而喻了。

第二部分"乡间风语"中所记录的往事更使我倍感亲切，因为我与作者都生活在渭河北岸的塬上，相差不了几里地，作品中描写的儿时玩耍的乐趣我也历历在目。我也有与《涝池记忆》相似的情景深深地珍存在记忆里。我们村子里的涝池也是我印象最深的地方，夏天我和玩伴几乎天天去，那时候也不知道讲究，光着身子从岸上一跃就扎到水里，常常泼水打仗，比赛游泳技艺，一猛子扎下去，抓住水底的淤泥，一口气游到涝池对岸，半天不露头，每到这时岸上的家人和看热闹的人们就既害怕又兴奋。长时间不露头大人就紧张，当头在对面冒出来的时候又有阵阵的喝彩声，这一"浮水"的游戏直到有一次我光着身子上岸后感到莫名的害羞就不再进行了。我的游泳技艺就是在家乡的涝池里练就的，无师自通。直到现在，我在水里还是浮沉自如，看来小时候练就的技艺终生难忘。去年，省政府划拨专项资金把家乡的涝池整修一新，据说卫星照片上都能看见它的存在。家乡的涝池常年不枯，是岐山县几个大涝池之一，因而作为农村的景观维护被保留了下来，现在还时常有人参观拍照。

《大土堆的记忆》中描写的是20世纪六七十年代北方农村特有的风景。那时每个生产队都有一个大土堆，都是村民农闲时用架子车一车一车从土壤里拉回堆积而成的，是农家肥的原料。那时几乎买不到化肥，生产队喂养了几十头牲口，粪便用大土堆的土覆盖发酵成土肥，滋养那时贫瘠的土地。大土堆和饲养室就成了生产队的中心场所，那几乎是生产队全部的生产资料，它也是全队人的期盼，来年土地能收获多少粮食就靠它了。

那时的土地产量很低，每亩能产300斤小麦就算大丰收了，全队生产出的粮食交完公粮、爱国粮等，留够种子饲料后就按人口分到各户作为全年的口粮，精粮不够吃就用粗粮补。记得有一年生产队为了度过二三月的饥荒，就去远处有水浇地的生产队借了小麦分给社员，来年一斤归还两斤。当时的我，觉得能吃麦面馍馍了，不知有多高兴。等到做成饭吃的时候才知道饭里的沙石磕牙，我至今弄不清楚是人为掺进去的还是沙土地自然带的，这一幕在我的记忆里异常深刻，至今想起此事，似乎还能听到咯嘣咯嘣的磕牙声。

《杨家庄的记忆》中记述的饲养室的故事，与我的记忆何曾的相似。在我的记忆里饲养室永远是小孩子常去的地方，特别是冬天，天气特别冷，大人小孩挤满一炕，土炕热得烫手，气氛异常热烈。我的文学启蒙也发端于这里，在这里我欣赏到了大人讲的《三国演义》《西游记》的故事，还知道了《红楼梦》《唐诗三百首》等书籍，相互传读了许多中外文学作品，知道了鲁迅、茅盾、郭沫若，还秘密传抄过《梅花图》等当时禁看的手抄本作品。这些在我的童年记忆里仍然异常清晰，也不时激荡着我的灵魂，使我每每怀想我那欢乐的无忧无虑而又营养不良的童年时光！

《我的母校凤翔师范》《八三二》记录了作者三年师范的学习成长经历，充满着对母校浓烈的感情，母校的一草一木、一人一事都有意味深长的故事，有着少年时期的美好记忆，是作者对母校强烈的眷恋之情。对凤翔师范我们有着相同的记忆和感情。如今的凤翔师范已经失去了它昔日的辉煌，物是人非，人去楼空，当年的英姿不再，光华已逝。学生和老师已经撤离了具有115年历史的这所师范名校。空旷的校园、破裂的建筑和寂寥的树木仍然向人们诉说着它昔日的惠风教化、文韵昭彰的繁华，如祥林嫂般依然讲述着阿毛的故事。站在凤师校园里，我有一种落寞的孤独与悲凉，我仿佛看见了一个白发苍苍衣衫褴褛的百岁老人用渴望的眼神祈盼着救赎。我的心一次次地颤抖了！为什么我的眼里常含泪水，因为我对这校园爱得深沉！

散文集《乡风呓语》的文字不时地激荡着我的灵魂，拨动着我的情感，在他看似平实的叙述背后，饱含着非常浓烈的情感。《北首岭素描》《来吧，在槐树园，让诗意与远方相伴醉在深秋》《渭水岸边，那一片透心的美艳》《醉在深秋》《太白山下水光热恋》这些写景散文，用诗化的语言，富于情感的描写，让人读来朗朗上口，心潮激荡；《石头城畔赏雪景》《丙申秋末游红河》《3511》《寻访玉女潭》《游"梦泉寺"》等这些游记散文，文字优美，描写生动，感情浓烈，充满了对大自然的热恋之情，脍炙人口，我不止一次地被这些散文感动着。

我时常思考这样的问题，人的一生到底应该怎样读书才能有读而有获，当然方法很多，因人而异。但我觉得至少要做以下几点。

一、多读。要博览群书，古今中外的文学作品，政、史、地、哲都要读，要有一定读书量的积累，做好读书笔记，搜集读书资料，提高语言的感知和理解能力，提高语言的表达能力。

二、多思。书读得多了自然就会想得很多，别人的观点对不对、好不好、行不行，我的观点是什么，思考得多了就会形成自己的思想。我渴望文人思考的自由，记得陈寅恪给王国维撰写的墓碑上有这样一段话："士之读书治学，盖将以脱心志于俗谛之桎梏，真理因得以发扬。思想而不自由，毋宁死耳。……惟此独立之精神，自由之思想，历千万祀，与天壤而同久，共三光而永光。"这是文人追求的最高精神境界。

三、多写。读得多了，思考得多了，就渴望把他表达出来，就会产生要写的想法。最初的写作就是练笔的过程，成熟的写作就是作品。大多数人忽视了写作，所以就少了成功。这也许是经验之谈。

啰啰唆唆写这么多，不成文字，权作《乡风呓语》之序吧！

2017年8月27日

（李晓应，副教授，宝鸡职业技术学院凤翔师范分院教务科科长）

目 录

乡间拾语

敕封碑的历史故事 / 003

苏轼与太白山 / 005

眉县乾隆古碑的历史故事 / 008

青化美食饦饦面 / 011

东湖凌虚台的历史故事 / 014

眉县康熙古碑的历史故事 / 017

眉县古碑的历史故事 / 020

凤翔"义坞堡"的报恩往事 / 024

眉县孔公渠的历史故事 / 027

寻访寒家沟 / 030

春风和煦野菜香 / 034

眉县清代屏风传家风 / 036

眉县齐家镇石斗的故事 / 039

探秘眉县唐代经幢 / 042

又到关中麦黄时 / 045

苏轼与邸阁寺 / 048

岐山醋香 / 051

眉县嘉庆七年碑逸事 / 054

眉县嘉庆古碑纪事 / 057

扶风伏波村的故事 / 060

跟年集 / 063

眉县"嘉惠青年"匾逸事 / 066

罗局镇记忆 / 069

三国古战场葫芦峪逸事 / 072

眉县《程子言箴》碑的故事 / 075

眉县铁炉庵古事 / 078

乡间风语

打碗花 / 083

大土堆的记忆 / 085

涝池记忆 / 088

杨家庄的记忆 / 091

一双新布鞋的故事 / 095

渭水岸边，那一片透心的美艳 / 099

3511 / 102

槐树湾的故事 / 106

温州印象 / 109

眉城春美 / 112

凤翔名吃豆花泡 / 114

我的母校凤翔师范 / 117

丙申秋末游红河 / 121

八三二 / 124

祭灶 / 127

震撼 / 130

槐芽济民 / 132

太白山下水光热恋 / 133

我们的"复习狗" / 135

北首岭素描 / 137

来吧，在槐树园，让诗意与远方相伴 / 140

醉在深秋 / 142

得石记 / 144

游"梦泉寺" / 146

"宝鸡文学网第三届年度文学奖" / 149

散文奖获奖感言 / 149

思雪 / 152

石头城畔赏雪景 / 154

寻访玉女潭 / 156

大师 / 160

铁虎 / 162

立宽 / 165

夜 / 168

老刘和他的玉米 / 174

清明悼先父杨公 / 176

伤海棠 / 177

祈雨文 / 178

蒹葭风歌 / 179

岐阳往事 / 182

渭水东流 / 187

心旅 / 192

听风王家坡 / 194

"斜谷造船务"远去的背影 / 199

后记一 / 204

后记二 / 205

字里行间跳动着自己的"心电图"
　　　　——《阵地文丛》总跋　白麟 / 207

乡 xiang

间 jian

拾 shi

语 yu

敕封碑的历史故事

在眉县清湫太白庙里，矗立着一通古碑，碑叫"封济民侯之敕碑"，此碑虽材质不甚精良，但其碑额浮雕有虬龙威仪相绕，似乎在告诉人们此碑不同寻常。特别是当你细读碑文时，会被959年前那段古老的故事深深吸引。

北宋至和二年（1055年），西府（凤翔府）出现严重的春旱。时任凤翔府知府的是饱学之士李昭，他任凤翔知府之初，就通过《三秦记》《周地图记》等古籍和走访府县贤达对府治情况做了了解，特别是对太白山的祀典作了研究。尽管柳宗元《太白山祠堂碑》文中就具载祷雨灵应之说，李昭还是对"祷雨灵应"之说将信将疑，但农情为要，李昭还是怀着虔诚之心，沐浴斋戒，以尽祀典之礼，前往清湫太白庙祈雨。这次祈雨活动刚刚结束，甘霖即到，旱象解除。知府李昭也对太白山祈雨有了更深的了解。

到了这年夏天，关中西府又遇伏旱。骄阳如火，地面干裂，禾苗渐枯，农忧无收，心忧如焚。知府李昭也同农众一样，每天望着没有一丝云彩的天空祈祝，看着即将干枯的禾苗心忧万分。为解府民如焚之忧，知府李昭便又一次沐浴斋戒，亲率府员前往太白庙祈雨。祈雨当天万里无云，没有丝毫下雨的迹象，但从当天晚上便开始有甘霖滋润，深透地下了一场雨。旱象解除，于是野夫欢谣，府具颂声，民欢而心安，神欢而宁威。

两次祈雨的灵应，使知府李昭更加认识了柳宗元《太白山祠堂碑》文中"每遇岁旱，府界及他境必取水祷雨，无不即验"的太白盛境。

于是，凤翔知府李昭便于至和二年七月十三日进奏朝廷"伏侯勅旨"，为太白神请封爵位。李昭在奏状中远考古典，近录两次得雨亲验之灵贶昭晰，请求封太白山神为"济民侯"。李昭之奏很快被宋仁宗勅准，并由"给事中参知政事程（程执中）"、"户部侍郎平章事富（富弼）"、"兵部侍郎平章事刘（刘沆）"、"吏部侍郎平章事文（文彦博）"四位群相大臣（注：北宋实行群相制，"给事中参知政事"、"平章事"均为相职）共同具名签发勅准文书，要求"祭告牒至准"。

勅准文书到达府县后，府县举行了隆重的官方祭告仪式，祭告和祝贺太白神灵被封"济民侯"。

勅封近两年之后的嘉祐二年（1057年）三月一日，时任眉县县令贾蕃命人将凤翔知府李昭乞封奏状同朝廷勅准文书同刻一碑，即为"封济民侯之勅"碑，立于清湫太白神庙中，以彰灵应，以志滋润之乐。

从那时起直到现在的957年中，这通石碑虽多处磕碰留痕，但一直守护在太白神祠中，守护着这段北宋至和二年的祷祝故事，守护着959年前那叫作至和二年的文化的呼吸。

今天，读其文字，抚其碑身，似乎能感受到959年前那个时代的温润；耳脸贴碑，似乎还能感受到、听到那个叫作至和二年的脉动与清新的呼吸。

金石传史，"勅封碑"生态地传延着这段故事、这种文化，告知着今人秦地先辈们的那种原生态的生活、那种原生态的期盼、那种原生态的快乐！更重要的，还有那种被称作民族遗传基因的文化！

苏轼与太白山

　　提起苏轼，可能没有人不知道。他的"十年生死两茫茫"，伤心悲戚之情难抑外溢，浸人心髓；他的"大江东去"如张飞执斧相撞，铿锵之声破云穿雾，响彻神州；他的"左牵黄，右擎苍"慷慨激昂，酌情如炬；他的《喜雨亭记》洋洋洒洒，天与地、官与民合和而乐，其乐融融……他的一生把上天赋予他的个体生命经营得如此丰满多彩、特质无二！

　　可要说起这样一位时代的巨人与太白山和太白神庙的一段史实故事，可能知道的人并不多。

　　北宋嘉祐六年（1061年）农历八月二十五日，时年26岁的苏轼通过宋仁宗崇政殿御试，被授大理评事、签书凤翔府判官。十一月初赴任，十二月十四日抵达凤翔府，受到时任凤翔知府宋选的热情迎接。

　　苏轼到任后，便遇到了当年长达近半年（1061年9月底到1062年的2月底）之久的关中旱灾。

　　到嘉祐七年（1062年）农历二月，时已初春，但由于严重干旱，地面干裂，麦禾几近干枯。时签判一郡且刚到任两月余的苏轼见状心忧如焚。他听闻府属眉县境内太白山神极佑百姓，祈雨甚灵。便与太守宋选商议，为了百姓种者有收、安居无忧，决定亲自到太白山祈雨。

意气风发、满腹诗书的苏东坡亲自书写了《凤翔府太白山祈雨祝文》。他与太守宋选两人于求雨前一天沐浴斋戒，焚香祈祷，以求此行能化解府民之忧。第二天，便前往眉县太白山神庙（即今日之清湫太白庙）祈雨。焚香叩首后，苏轼这位年轻的凤翔府签书判官，用他那华美的气质之音高声诵读了那篇《凤翔府太白山祈雨祝文》。他用他那华美的文辞和同样华美的文人人格与太白山神交流、祈祷。

祈雨后回凤翔府途经真兴寺阁（凤翔府驻地附近）时，忽然黑云涌动，微风骤起。苏轼以为太白神灵应，天将欲雨，兴奋之情难以抑制，随赋诗《真兴寺阁祷雨》一首。

回到凤翔府后，于乙卯日在凤翔城举行了隆重的祈雨迎神水活动，迎接和供奉按照惯例在太白庙祭礼时从庙前神湫中取得的那瓶水，作为圣水供祷。活动举行得庄重而又热烈，官与民的心忧之情、期盼甘霖之意溢于活动始终。

仪式刚结束，只见浓云密布满天暗，天雨欲滴水淋淋。当夜，凤翔府属各县果真细雨蒙蒙，一夜滋润。不几日，又降滋润。两场雨使旱象稍解，但因雨量有限，民官同惜，以为不足。

苏轼经过走访后得知，唐天宝八年，朝廷诏封太白山神为神应公，到宋初改封济民侯。苏轼认为朝廷"封爵未充"导致太白神不悦，故降雨未沛。随着手起草"乞封太白山神状"。

说来奇怪，恰在此时的丁卯日，凤翔府属各县突降大雨，连下三天，禾麦保收有望，民众奔走相庆！

恰巧府衙北面新建的一亭子落成求名，苏轼便"亭以雨名，志喜也。"命名此亭为"喜雨亭"，并作千古名篇《喜雨亭记》。

喜雨甘霖，护佑民生，苏轼以为"乞封"之想与太白神相通，并感太白山神护佑、滋润之恩，在太守宋选委托下向朝廷上《代宋选奏乞封太白山神状》。

奏状中奏请朝廷封赏太白山神，以彰其护佑生民之功。随后，朝廷依凤翔府奏，封太白山神为"明应公"。

朝廷准凤翔府奏状后，苏轼以虔诚之心，感恩之腑亲往眉县清湫太白山神庙，亲自书写祝文《告封太白山明应公祝文》，并依旧用他那华美的气质之音高声诵读，用他那华美的文辞报告山神"明应公"的封号，用他华美的文人的人格与太白山神神交。随后，他还主持重修了太白山神庙。

时光如梭，岁月匆忙，转眼间，时间已过去了950多年。"青山依旧在，几度夕阳红"。那些碑文、那些意气风发时的神来之笔留在了历史中，更重要的是，它们如同历史天空上的点点星光，闪闪烁烁，让人们有一种看到的享受、惬意与思考和对祖先历史的一种荣光感。这，就是文化之美。

眉县乾隆古碑的历史故事

　　从眉县县城向东12公里，在310国道旁边有一个叫清湫的村落。村子里有一座古庙叫太白庙，庙内有两通清朝乾隆时期的石碑，一通是乾隆戊戌年（即1778年，乾隆四十三年）农历六月十二日颁布的圣旨碑，另一通是同年六月中旬的御笔碑。两碑相互印证，给人们讲述了一段乾隆君臣为祈雨成功、解除旱情而同乐同庆的历史故事。

　　乾隆四十三年农历五月初小麦收割前，关中普降甘霖，官民均说这场雨下得很及时。然而小麦收割后的20多天却一直骄阳高挂，旱情显现，刚刚播种的秋作物受旱日益严峻，官民焦急万分，因为那是一个"三日无雨即为旱"的时节。大旱望云霓，百姓的忧愁可想而知。

　　时任兵部侍郎、陕西巡抚的毕沅也焦虑万分。因世传太白神祠向来灵应，毕沅遂率当时在省官员亲到太白神祠祈雨。在举行了焚香跪拜等祈雨仪式后，巡抚委派官员亲到灵湫（即清湫三池）取水往省供奉。祈雨取水仪式刚刚过去的农历六月初一就有一阵响雷滚滚而过，随即便大雨滂沱，暂时缓解了旱情。六月初四日取水官员刚刚捧水到省供奉，便从当日夜间开始，连降甘霖三昼夜方停，雨水入土十分深透，秋作物生长无忧，官民普天同庆。

农忧被解除，毕沅及受降雨滋润的各属地官员都欣喜万分，纷纷将这一农情奏报乾隆帝。

乾隆帝御览上奏，十分欣慰，遂于农历六月十二日颁旨一道，这道圣旨有三部分，首先详述毕沅祈雨的经过和太白神灵赐雨，其次告诫官员要更加敬重神灵赐佑之抚，最后要求在太白神祠内建一碑亭，将宽高尺寸明具奏报，自己要亲书碑文，为太白神明树碑立传予以褒扬，并将太白神明的灵应与此次降雨赐佑告知乡众及后人。

乾隆帝随即于"乾隆戊戌夏六月中瀚御笔"亲书致谢诗一首送达陕西，由陕西巡抚毕沅勘石刻立于清湫太白神祠中供人观瞻传颂。

此后，因农历六月十二日为乾隆颁旨颂咏太白神灵之日，当地人便将一直延续到当时的每年春祭（即农历正月）庙会加改为春夏两祭（即农历正月十二和农历六月十二两次）庙会。春夏两祭庙会从那时一直延续到今天，已有 230 多年的历史。

历经 230 多年风雨的两通古碑（御笔碑和圣旨碑），如今依然矗立祠中，以其斑驳的文字向人们述说着太白庙 230 多年前的那一场祈祷与灵应，那一场渴盼与赐佑，也述说着 230 多年前的瑰丽与辉煌。虽然碑上的部分文字已磨损不可辨识，然而一年两次的庙会和口口相传的颂扬却将那一场风雨滋润深深地烙印于清湫及周边民众的心里。

其实当年的那场祈雨成功可能是碰巧赶上了天公作美，但对于当时的老百姓来说，缓解了旱情，便是老天的福佑。刻碑立石予以纪念也反映了当时的民情和民风，有一定的史料价值和文化意义。

近闻县上出于保护文物、传承文化、发展旅游、振兴经济的考虑，正在谋划开发太白古庙。相信，不久的将来，这座千年古庙也将重新焕发出熠熠光彩！

清湫太白庙乾隆帝御笔诗：

麦前赐雨各称时，麦后廿余日待滋。
为祷灵山立垂佑，遂施甘霖果昭奇。
树碑铸铁传福地，取水凝湫自皓池。
粒我蒸民布天泽，蠲诚致谢此擒词。

青化美食饦饦面

在眉县青化，有一种美味面食，叫"饦饦面"。

在青化，每当有亲友到访，如遇吃饭时间，主人一定会热情挽留："别急着走，吃饦饦！"青化人口中的"饦饦面"省了"面"字，听起来更显得亲切、豪爽、可爱，宛如在幸福地称呼自己娃儿的乳名。

在这热情挽留客人的吃饦饦声中，勤快的女主人便系上围裙，下厨忙活。不一会儿，在客人的期盼中，在渐近渐浓的饭香中，一碗香气扑鼻的饦饦面便会端到客人手中。客人们一气猛吃，"好吃"声不断。此时，男主人便打心底感到舒心，女主人更会感到透心甜。豪爽、率真的青化人认为招呼好客人，得到客人的赞许那是特有面子的事。

一碗饦饦面承载的是浓浓的情。那份情，浓得如同热热的菜籽油泼在饦饦上的辣面上一样香气四溢。在青化，亲人出远门，往往会以饦饦送行；亲人远道而回，也免不了以饦饦迎归。家的味道就在这一碗香气喷溢的饦饦面之中，端在手、吃在口，那吸溜声如一首乐曲，醉了心，情更浓。

说起饦饦美食的历史，最早的文字记录见于南北朝时期贾思勰的《齐民要术·饼法》，书中记载："馎饦，挼如大指许，二寸一断，著水盆中浸，宜以手向盆旁挼使极薄，皆急火逐沸熟煮。"《现代汉语词典》则告诉我们："饸，馎饸，古代一种面食。"从现今饸饸的基本做法和这些记述来看，"饸"即《齐民要术》中的馎饸，也就是今天的饸饸。《齐民要术》成书于公元538年左右，以书中记述范围看，当时馎饸已在黄河下游地区的民间广泛食用，故饸饸流传至今至少已有1400多年历史了。

盛唐时期，随着中日文化的交流，馎饸传入时为奈良时代的日本，随后又历经1000多年的发展，加进了许多日本的元素，如今成为日本山梨县的特色乡土料理，即"日本名料理馎饸"，但这种"馎饸"与《齐民要术》中馎饸的做法、口味已相去甚远。

人分其群，地有其域。一种饮食文化在传入、传承、发展中，与时代并肩而行，在异域开花飘香。

现今的青化饸饸，在1400多年的传承中也随时代的发展而有所创新，但其做法基本沿袭古法，所以口味也基本保持了贾老先生记述的"光白可爱，亦自滑美殊常"的特点。

将关中上好的优质小麦粉做成香喷喷的饸饸，这本身就是一个很艺术的过程。心怀愉悦，以恰当的比例，使面为糊、为粒、为泥、为团，其间左手护盆，右手搅拌，有如武术；揉面之时，碎步频移，忽左忽右，颇似舞蹈；更不用说揪团、捏薄时，手底滑爽、麦面的柔韧满盈于手中的感觉。看片片饸饸如润洁的玉盘在沸水中时而浮于浪尖，时而沉于汤底；从锅中捞起时，满眼羊脂玉似的小小玉盘。看着这温润白嫩的饸饸在雾气中散着香，直勾得人食欲大增、迫不及待。

饸饸的吃法多种多样，可油泼干拌，可浇以酸汤，可炒、可烩，因人而异。

在青化本地，油泼干拌饸饸是人们的最爱。将出锅的饸饸加辅料放入碗中，上面加一小勺上好的辣面，以热油激之，顿时香溢满庭，极大地调动起人的味觉和食欲。吃一口，静心感觉，那种爽滑，那种筋道，让人大呼过瘾；口舌之触，如浓汤入口，温润舒坦，惬意透心，断之不舍。

如今，饦饦这种大众家庭美食也渐渐走出农家，在青化、在县城、在旅游景点星星点点发展起来。在青化街道，常常会见到远方来的品尝者或心怀不舍的老食客们在此寻访。

随着时间的推移，饦饦会被更多的人认识和品味。人们的餐桌上会多一种颇有古意的口感；文人骚客们也多了份品美食而怀古意之悠思的凭借和畅想的依托，并从中感受那份文化的传承、发展与魅力！

东湖凌虚台的历史故事

在美丽如画的凤翔东湖景区，有一座高台建筑叫"凌虚台"。或有人会登台瞭望那一湖的美景，或有人会绕之嬉戏享受风轻云淡，但对于凌虚台的历史故事或许知之者并不多。

北宋嘉祐六年（1061年），才华横溢、文采卓著的24岁青年苏轼通过宋仁宗崇政殿御试，被授大理评事、签书凤翔府判官。苏轼当年到任后受到凤翔知府宋选的厚遇。

这段时期，苏轼赴虢、宝、眉、周至四县减决囚禁；赴眉坞祈雨，解除旱情；同时还访减漕运之弊……宋选对苏轼信任有加，对其所拟公文也均一字不改直接照用。苏轼办理公事风生水起、有声有色，更兼美文频出、诗词泉涌，千古美文《喜雨亭记》就出自这一时期。苏轼的干练与文采得到凤翔府官民交口称赞，被誉为"苏贤良"。

然而，嘉祐八年（1063年）正月，宋选罢任，新任知府是苏轼家族的世交陈希亮。陈希亮字公弼，天圣八年（1030年）进士及第，被授予大理评事，任凤翔知府时已为官30余年，曾有"白脸青天"的美誉。此公富有文采、语言犀利，行事严厉、疾恶如仇，奉公严格、面冷严峻，为人刚直、心胸开阔。

陈知府到任不久，苏轼便与之不甚和谐、嫌隙频生。宋选对苏轼所拟公文一字不改就用，而陈知府对府中大小公文均亲自过目、严格审查、亲动"刀斧"。对此，素以文采自负的苏轼心生不悦。一次，有个衙役在公众场合称呼苏轼"苏贤良"，陈知府当面斥道："小小签判，何称贤良！"并当众鞭打这名衙役。苏轼求情，陈知府也没给半分面子。这年中元节，苏轼拒按惯例过知府厅聚会，被陈知府上奏朝廷罚铜8斤。苏轼对陈知府嫌隙愈盛。

嘉祐八年十二月，陈希亮命人在官舍后园掘地取土建一高台，取名"凌虚台"。苏轼应陈希亮之命作《凌虚台记》，苏轼在记文中写道："物之废兴成毁，不可得而知也。""夫台犹不足恃以长久，而况于人事之得丧，忽往而忽来者欤！"意即：事物的废、兴、成、毁，总是料想不到的，凌虚台也不能保证长久保存，何况人的得与失，那只不过是一会儿来、一会儿去罢了。他还写道："昔者荒草野田，霜露之所蒙翳，狐虺之所窜伏。方是时，岂知有凌虚台耶？废兴成毁，相寻于无穷，则台之复为荒草野田，皆不可知也。"其中意味显现，丝毫不隐。

陈希亮读过《凌虚台记》后，对身边人说：看来子瞻对我有意见呀！并慨然道："吾视苏明允（苏轼父苏洵字明允），犹子也；苏轼，犹孙子也。平日故不以辞色假之者，以其年少暴得大名，惧夫满而不胜也，乃不吾乐耶！"意即：我和苏家世交，是苏洵的长辈，视之就像自己儿子，看苏轼就像自己孙子一样。平时之所以那样对待他，是因为他少成大名、年轻气盛，怕他会因为太顺而目空一切栽跟头，那是我不愿看到的。随之叮嘱：《凌虚台记》一字不改，刻于高台。

这件事使苏轼内心很受震动，似乎明白了许多，后在郊游时无意中遇到陈希亮儿子陈慥，两个同龄的年轻人一见如故，相见恨晚。陈慥告诉苏轼："父亲回到家中没少提你这位文采卓著、才华横溢的文才干将，我早慕苏贤良呢。"并将其父回家所赞如数家珍般说与苏轼。

往思去岁，苏轼内心对陈知府的行事渐有理解，也明白了陈知府的用心，对他的心隙也日渐弥合。

治平元年（1064年）冬至，陈希亮召集众人饮于凌虚台，苏轼当场以台为题赋诗一首，其中写道："才高多感激，道直无往还。""青山虽云远，似亦识公颜。""台前飞雁过，台上雕弓弯。"表达了对陈知府发自内心的赞美和崇敬。

多年后陈希亮离世时，苏轼46岁，已是文著南北的名人。曾自称平生不替别人写行状碑文的苏轼，在陈恺请写碑文时便满口应承。因为他十分敬佩陈希亮的为人，担心其事迹失传于后世，于是饱蘸浓墨写下了《陈公弼传》，其文之精彩、其情之浓挚、评价之公允，堪称以心作传。

《陈公弼传》中提到他们在凤翔共事这段时说："公于轼之先君子为丈人行（长辈），而轼官于凤翔，实从公二年。方是时年少气盛，愚不更事，屡与公争议，形于言色，已而悔之。"表示了对那时的忏悔。

凤翔是苏轼入仕第一站，对他随后波澜壮阔的仕途以及清风明月般的一生有着重要的意义。有人说，苏轼的一生是用才华横溢为翅的特立独行，虽多波折，却精彩绝伦，一直深深地影响着后世的文人学士。

如今，凌虚台静静地掩映于花红柳绿之中，那方《凌虚台记》依然镶嵌于台之南面，与苏轼"凌虚台"三个风骨清秀的题字一同以实物珍藏着900多年前的那段往事和历史片段，给予今人感知历史温馨的依托和亲近苏轼的凭借与生活的启示。

眉县康熙古碑的历史故事

在眉县清湫太白庙中，有一通清康熙三十三年（1694年）的石碑，它历经320多年的烟雨风霜，向人们讲述着康熙年间那段史书无载却碑石传史的故事。

清初，康熙帝玄烨励精图治，实行了一系列息民之政，如免赋销租、币赈粮济、抚恤招徕等，使得国家出现"盛世之象"；乾隆承其国策，国力日益强大，这一时期史称"康乾盛世"。

然而，即使在那样的盛世时期，古老而又脆弱的农业依然摆脱不了靠天吃饭的状况，关中八百里平原同样得靠天收获，望山而祷。

康熙三十三年，禾木萌发之时，关中平原乃至陕西全境长时间不下雨，出现了严重的春旱，万民忧愁，官吏也望云祷告，期盼甘霖解忧。

时任陕西最高行政首长的是川陕总督佛伦。佛伦为满洲正白旗人，于康熙三十一年（1692年）由山东巡抚迁任川陕总督，总理川陕军政事务。佛伦到任后，体恤民情，勤于政事，治理有方；次年六月，佛伦受到康熙帝的赞赏，康熙帝题诗一首《赐总督佛伦》，其中写道："扬清知疾苦，激浊勉官箴。旷世孤芳节，超伦千古心。"对佛伦政绩大加赞赏。

旱象加重，佛伦作为川陕总督，自然知道旱灾之害。他寝食难安，不愿看到旱象肆虐、农夫无收、饿殍遍野、盗贼频起、社会动荡的局面，无论出于悯农之心还是总督的本职，他每天都在心中祈祷，盼降甘霖，护佑民生。

此时，有僚属向佛伦讲述了"自汉代始崇，（因求雨灵应）由唐迄宋封赏最隆，往请斑斑见诸史册，亦勒贞珉，群碑屹立""凡祷必应"的太白山祈雨灵应之典。心忧如焚的佛伦听论查典后，即按祈雨之格，沐浴斋戒，差遣当时的西安府咸宁县县丞王国英到太白山祈祝请水。王国英到太白山祈祝之后，即奉取自太白湫池之水往省供奉，"水至而雨，即施大沛三日"，旱象解除，"下吏欢呼，四民歌颂"。旱象解除后，佛伦又差遣西安知府"作筮吉致祭太白尊神以报"。

到了这年农历六月底，骄阳如火，正是民间说的"三日不雨即为旱"的时节，而陕西境内却是"连旬不雨"，田地干裂、禾苗渐枯，官民俱忧。于是，在"七月壬申朔日"（农历七月初一），佛伦又一次差遣西安知府卞永宁来到太白庙中，以"牲菜酒醴致祭于太白尊神"，并将取自湫池之水奉送到省，设坛祷雨。当天申时（15时至17时），"蒙雾忽起，四郊入夜"，当日晚上三鼓，即雨润林禾，普降甘霖。第二天，大雨不止，陕西境内大范围降雨，旱象解除，"农舞雨恣，欢声并起"。

旱象解除，心忧散去，佛伦之心像雨后的空气一样清爽。感"神贶福国、祐民五谷"之恩，于是佛伦亲书谢雨祝文《敬祭太白尊神祝词》以"永怀明德"，感谢太白山神。

有感于"天麻眉民"，"既感于神灵复荷"，时任凤翔府眉县知县骆文于康熙三十三年孟秋吉日亲自书碑，差遣衙吏贺国瑞督工，两名彭姓石匠刻石，将佛伦谢雨祝文及禾木萌发时的祈雨之事勒记于碑，以期"并垂千古"。碑成，即立于清湫太白庙中，即今"康熙三十三年碑"。

康熙三十三年碑，默立于太白庙中320多个春秋，历经风雨，静静地守护着这段史书无载的故事。或许那次祈雨成功也是巧合，但佛伦解民困之心却是真诚的。

今天，当我们一次次近观、抚识那斑驳的文字之时，就像在夜空中发现着一颗又一颗亮晶晶的星星，在悠远而深邃的夜空一闪一闪。群星灿灿，那就是我们仰望的星空，也是祖先们亦喜亦忧的星空。

仰望星空，追怀先贤先辈拼搏之荣耀，遥梦未来生活之憧憬。

仰望历史的夜空，繁星点点，虽然悠远，但每一颗星星真的都很美！

眉县古碑的历史故事

据明、清《眉县志》记载和眉县金渠镇宁渠（即原宁曲）村老人们回忆，村里曾有一通古碑，碑额有"宁曲重修水记"六个篆书大字。提起这块碑石，村里老人们似乎有说不完的故事。

当我们细读这通石碑的碑文时，790多年前的社会场景、乡贤达士的济世之德便会如影像般一幕幕展现在我们眼前。

原来宁曲这个地方，早在春秋时期便因"厥田沃壤，物产丰茂"而使得此地居民也"富庶甲于境内"，是块宝地。但是，由于此地土层深厚且夹杂沙石，在当时凿井极难，而且井需深过十丈，汲水极为不便。若遇到少雨季节，此地便常常井中断水，人们只能到远离村子的河边去背水维生。百姓的吃水之苦被当时"侨寓于秦"的卫国人宁戚了解到。

宁戚出生于卫国乡下的贫困家庭，春秋时期卫惠公（前686—前669年在位）时人，早年怀经世济民之才而不得志。

当时宁戚看到百姓吃水如此艰难，对"民苦"的恻隐之心使他暗下决心，决定"易其所难"。于是他查看了地理，顺着地势，浚引"赤水"（即今红河谷之出水），"使赤谷水北过亮伏，暨礼义社，又北过吴家社，以至宁曲，又折数弧导流。其水经流多寡有常，无相争夺，使居民上下均得食用，不假于远负而深汲。"浚引水渠的成功使得民众"逸其所劳，而易其所难"，享受到极大的便利。妇孺欢悦，耄耋称颂。因为宁戚浚引成渠，造福百姓，所以"宁曲"这个村名从那时便因那事那渠而开始使用了。宁，取宁戚之姓；曲，指小渠依地势弯曲之意。村名中饱含着人们对这个"目民之害者，相于除其害"的贤者的感谢与纪念。

据碑文记载，到金宣宗兴定五年（1221年）时，依然是宁戚"故宅遗址，犹有存者。村之东北有冢，曰：相（传宁戚曾为齐国相）之冢也。岁时祭祀，故俗相传，礼无少衰"。可见，遗址犹存，祭祀世传，礼无中断，形成了一个完整的文化链条。

时至今日，在宁渠村，人们依然将那片曾有宁公大冢的田块称为"宰相坟"。

文化，以其执着的力量，在岁月中刻画有痕，让我们去缅怀贤者之德，受南风之惠。

宁戚解民之忧后，随商旅至齐，"饭牛叩角"，被齐桓公拜为大夫；后经名臣管仲推荐长期任齐国大司田（事见《管子·小匡》），成为齐桓公主要辅臣之一。而他在秦地解民之难浚引的那条清波荡漾的宁曲渠却一直造福着乡人并被世代传颂。

宁曲渠，伴随宁曲人日出而作、日落而息的岁月，伴随着历史恢宏或平淡的长河缓缓清流，一路来到了13世纪初年。

此时的关中地区在由女真人建立的金政权的统辖之下，宁曲村已属于金朝的西陲边地。此地西与西夏隔秦岭相抵，北受蒙古大军南压。其时南宋政权隔长江与金对峙。多年间，宁曲周边地区各种势力此消彼长、变化无常，而金朝的上京在1218年被蒙古铁骑扫平。

在此环境下，人们的思想也发生着重大变化。宁曲渠在古朴民风中汩汩流淌了1800多年后，遇到了"淳风真灭，众暴，寡强凌弱"的情况。宁曲渠上游频频发生私自截水、专于己用的状况，使得下游人口用水极为艰难，特别是在夏暑季节得不到一滴水。因为用水、争水，使得相邻人家、沿渠村落间争执、致怨，甚至械斗导致伤亡的事件不断，争斗不休。宁曲渠边，讼告不断，官府头痛，百姓遭殃。此时的宁曲渠，完全成了引灾致祸的根源，完全背离了宁戚当时"逸易众人"的心愿。

1221年，宁曲村有位叫刘兴（字文秀）的读书人，为世代富家之后。他看到宁曲渠畔这种纷乱景象痛心不已，于是产生了澄清宁曲渠自古沿用的用水之"固制"的想法，即恢复落实"其水经流多寡有常，无相争夺，使居民上下均得食用"的古制，使其发挥佑善行仁之用。

然一介书生，抗暴无力，扶弱不济。于是，刘文秀发动不愿受纷乱之害的乡亲、乡贤，向有司"具牒"请愿，主要内容就是请求有司强力恢复落实尊水固制、强不凌弱、富不兼贫和重罚防奸、均水之利的要求，并请求官府出面保障。

正为宁曲渠周边连年讼告不断而头痛的官府见到请愿牒后，全部官员"深然其辞"，一致认可和支持请愿内容，并由县府"判而授之"。此后，宁曲渠沿岸又恢复了用水有制、乡里和睦、共享清波的和谐景象。

水制澄清后有一天，刘文秀的乡人请"寓居教坊（今眉县教坊村）、常往来于宁曲"的二曲（今周至）文士高褒将澄清水制一事作记，高褒自认为自己才学不够为乡贤作记而多次推辞；最后见实在推辞不过，于是"退而挥毫，以书其父老之所云"，即今天我们看到的《宁曲重修水记》。高褒拟好碑文，由张通等16人出资，于金宣宗兴定五年冬月下元日（农历十月十五）立石，时任眉县县尉、县主簿、县丞骑都尉、县令等官员均具名为证。碑阴刻食水图，并列"愿食（宁曲渠）水者"77人。此碑即县志有载、耄耋犹记之《宁曲重修水记》碑。可惜的是，此碑在20世纪60年代被埋毁不存。

如今，《宁曲重修水记》碑文，穿透近800年的风雨迷雾，讲述了那个时代的贤人之济、文士之呼、官吏然授的故事，使我们能感受到那个时代的风貌。

　　当我站在一直服务于乡众到20世纪60年代后期的宁曲渠遗址旁，听着村中贤士冯珠明与李安怀书记如数家珍般的记忆和叙述，回顾《宁曲重修水记》碑文中"盖君子之心，目民之害者，相于除其害"的君子品行，真的很受感动。感谢他们的这些记忆、叙述，更感谢当年勒石为记的人们，他们让后人感知到了那个遥远时代的历史烟云，也让我们能享受其南风之惠和文化魅力。

凤翔"义坞堡"的报恩往事

在凤翔县城东南不远处的高王寺村，有一个自然村叫"义坞堡"，此村名历史悠远，其来历还得从春秋时期说起。

在 2660 多年前，凤翔县城所在地叫雍城，是秦国都城，当时秦国国君是历史上赫赫有名的秦穆公，"春秋五霸"之一。

公元前 648 年的一天，负责为秦穆公牧放"善马"（即宝马）的牧工们像往常一样，将穆公心爱的一队宝马赶往城外水草丰足的"岐下"放牧。放牧结束时，牧工们发现，几匹深得穆公喜欢的宝马却不见了，这下牧工们可傻了眼。

消息很快传到秦穆公那里，穆公心痛不已，丢失的那几匹马可是多次跟随自己征战、屡建奇功的宝马良驹。于是穆公亲自带人在牧场周围寻找，当随马蹄印找到"岐下"一个村子时，只见大约有 300 名"野人"（春秋时对乡野农人的称呼）正在热热闹闹地煮肉待食。地上几副马的挽具和几张血淋淋的马皮告诉了寻马者一切。

穆公看到这些，心如刀绞，就像一下子失去了自己器重的良臣猛将一样一时难以接受。这时，穆公身边的官吏已厉声呵斥，命令军士准备围捕"野人"治罪。这可吓傻了那 300 "野人"，直到这时他们才明白：锅里煮的，可是国君心爱的宝马呀！这还了得！众人吓坏了，一个个惊慌失色，自忖难以活命。为首的跪在地上，战战兢兢地叩首道："我等也是饥饿难忍，不知是君王的马。"众人见状都纷纷跪地求饶。

看着这些面黄肌瘦、衣衫褴褛、灰头土脸的"野人"，穆公阻止手下道："君子不以畜害人。"并对300百"野人"好言安慰，亲口宣布赦免他们。"野人"们见状，心中感激不尽，忙叩谢国君不予治罪之恩。

穆公又对众人说道："吾闻食马肉不饮酒，伤人。"随即吩咐手下及时赠送美酒给三百"野人"，人人得饮，个个感激于心。

"食马赐酒"之事过去三年后，即秦穆公十五年（前645年），晋国国君晋惠公对秦国"船漕济荒"并助其平定国内"里克之乱"的恩德非但不报，反而趁秦国闹年馑之际兴兵攻秦。秦国于是急忙征募兵勇，进行反击。秦穆公率领大军一路东进，所向披靡。这年九月，秦晋两国大军在韩原（今山西河津东）对峙，十四日展开激战。战斗中，秦穆公不慎被围，遭晋军韩简等三将围追，"晋击穆公，穆公伤"，眼看就要被晋将生擒。

在此危难之际，只见从西面野地里冲来一队大约300人的勇士，一边高喊"勿伤我主"，一边向晋军勇猛冲击，砍杀前行。很快，这些人冲破晋军包围，救出了穆公。

穆公获救，万分欣喜，感激地问："汝等何人，肯不顾生死为寡人而战？"

为首那位勇士说："君王恩德与我等，我等是来报恩的。"众人点头称是。

穆公奇怪地说："无一相识，何恩？"

那位勇士答道："君王德高，施恩不记。尚记岐下之三百野人食马赐酒事乎？"

经过一再提示，穆公这才想起三年前岐下丢马赐酒之事。原来这三百野人对秦穆公赦罪赐酒之事感恩戴德，日夜思报，一直没有机会。后来，秦国为抵御晋军侵犯招募兵勇，三百野人商议后集体应征，随穆公一路东征，在韩原之战中巧遇穆公被晋将围追，就一呼百应，一齐冲杀，人人图报当年食马赐酒之恩，救了穆公。

三百勇士个个英勇，舍命拼杀。这次韩原之战秦军生擒了晋国国君晋惠公，大获全胜，于是渡过黄河班师回秦。

回到雍城后，穆公有感于三百野人的战功及知恩相报、拼死相救之"义"，遂择址于雍城东南角不远处筑坞城、建良舍，取名"义坞"，安顿三百野人，俗称"野人坞"。"义坞"，即义气之士聚集之坞城。后世感"野人"之义德及穆公之仁德，此村2660多年来一直沿用"义坞"之名，从无废止。

"义坞"这个古老的村名，传承着2660多年的历史信息，昭示着仁义侠士、仁德君子的那段历史，让一代代的人感受、感触他们的情怀。

今天读起这段历史，我们似乎还可以闻到周原岐阳之野那醇美的酒味飘香如故，耳边似乎还可以听到那一场拼死相救、惊心动魄、力挽狂澜的厮杀与角逐的呐喊。

"义坞"，两个简单的汉字穿透2660多年的风雨烟尘，承载着一段生动感人、惊心动魄的历史，让我们感受那遥远时代的仁义侠胆、一颦一笑，也让我们明白仁德感恩、朝代兴衰的历史内力。

眉县孔公渠的历史故事

在眉县齐镇与岐山安乐交界处，有一条水渠常被当地老人津津乐道，那便是"孔公渠"。我不满足于老人们不甚翔实的传闻，又翻阅史志，800多年前有关这条渠的真实一幕便跃然眼前。

金章宗明昌七年（1196年），孔天监出任眉县令，因其一贯为官清廉、多有作为而颇具美名，被时人尊称为"孔公"。

孔公自到任后，细致巡察各处，走访乡贤，了解乡俗民风及民难民愿，及时予以解决；更兼孔公爱民勤政，兴利除弊，解民之忧，故深得民众爱戴。

孔公在走访中发现，眉城以南以西及周边地区因浇不上水而地广薄收，甚至有种无收、地阔人稀。于是他便向乡间的老人们请教：眉邑乃古之名地，历来山清水秀、土地肥腴，可为什么现在收成这样寡薄，近乎不毛之地，甚至连很平常的蔬菜也要从邻县购买呢？

老人们告诉孔公：过去眉邑曾有水渠自斜谷引水通流至眉城周边，那时这一带水地居多，收成高于旁地，曾为富庶之地。但在皇统三年（1143年）遇饥馑而"人烟凋敝，村落邱墟"，渠水中断，渐致湮塞，至今已50余载。老人们又说："若孔公能出面规划重修水渠，则不仅是眉人之幸，使吾辈受益，而且子孙万代也会亨利无穷。"

从老人们的言语中，孔公感到的是深深的期盼和向往，看到的是众口急难的民难民忧。于是，孔公便四处询问重修此渠的方法和技术，以解民之忧，造福百姓。但因此渠已中断数十年，没有人知道如何引水，怎样施工。

在走访中，孔公终于得到线索：南山深处一道观有个道士叫杨洞清，精通引水之术。

得到线索的第二天，孔公便急切地亲自进山寻访，几经波折，终于找到了道士杨洞清。

杨洞清明白了孔公来意后甚为感动，看着孔公焦急之情顿生敬意，便欣然承诺："借公之意，指日可举其事。"于是随孔公到县，助其修渠，造福百姓。

孔公和杨洞清为找到引水口，一同来到斜谷口，在杂草湮没的地上"剜苔剔藓"，考察寻找合适的引水口，丈量土方，制订方案。

经过孔公的努力，终于按照方案"大举工役"，从设计方案、工役动员到矛盾排解，孔公都亲自过问，并在斜谷口亲自督工凿石开渠，筑堰导流。他每天巡查沿渠工程，一刻也不放松，工程进展非常顺利。

眼看就要竣工，孔公"被命赴省（尚书省）"任。这个时候，奸人从中作梗，致使矛盾纷起，工程被迫停工，几乎失败。

不久，宪司（按察司）张子明巡行凤翔府（时眉邑为凤翔府属县），私下听到了孔公修渠的详细情况。他希望这件对百姓有益的事情能完成并造福一方。于是他伸张正义，弹压奸党，对众人晓以利害，并召见杨洞清，"与之为约"，安排县胥"贯如杨约"。杨洞清很感动，保证"三日可济"。

由于扫清了障碍，得到了官民的全力支持。在杨洞清主持下，聚众人之力，只用了三天时间便将渠道修浚完工。主渠流经眉、岐两县的常家庄、新军营、胡家营、陈法寨、槐树湾、杨千户寨、马鞍山、第五村等八村，全长 25 里，共有 24 条支渠，灌溉着万余亩田地。

渠道修成试水那天，清波奔涌，百姓欢呼。突然"玄云四作，雨若瓢泼，水亦通流，似有灵物护持者矣"，似乎干旱已久，连上天也被感动。渠水哗哗而流，滋润着久旱的田地，也滋润着农人久苦的心田。孔公渠既解决了农人浇灌之忧，也满足了百姓浣洗之用，周遭百姓"黄童皆跃，白叟欢呼"，高兴异常。

人们饮水思源，将此渠称作"孔公渠"。因渠处眉岐之界，也称"界渠"。孔公渠的清流，泽润着周边万顷良田。

十二年后，孔公渠岸边已是"绿槐夹路，细柳交岸"，蔚为秀美。孔公渠的惠养，也使得此地"桑麻增陕右之上腴"，富甲一方。

两岸受益，民众丰衣足食，每念富足之来由，民皆赞不绝口。泰和八年（1208年），民众自发立碑纪念，请时在周至为官的进士、凤泉人强造撰写碑文记述这件事情，碑文即《金史》《眉志》所载之《金令孔天监水利碑记》。

如今，孔公渠虽因现代大型水利设施的建成而作用减弱，然而在许多田段，它依然发挥着不小的作用，如同倔强的老人，依然尽力而为，不懈于任。

每次从孔公渠边走过，听着汩汩水声，我眼前便会浮现出那个美丽的历史画面，也会想起碑文中的话：造福于民，并非要"负不世之才，报非常之器"，"得志则泽加于民，居位则恩利于人"，也会想起"先天下之忧而忧"的君子品格！

寻访蹇家沟

据《岐山县志》记载：蹇叔之后，居于"雍州蹇家沟"，即今五丈原蹇家沟。

蹇叔，春秋时宋国人，先秦著名政治家和军事家，前655年被秦穆公拜为上大夫。前628年，秦穆公急欲扩张称霸，置蹇叔制定的称霸三戒"毋贪、毋忿、毋急"政策及外交盟约于不顾，欲谋袭郑国。

穆公向秦国老臣蹇叔征求意见。蹇叔以"劳师袭远、师劳力竭、远主备之、郑必知之"等晓以利害，进行劝诫。但秦穆公并未听从蹇叔意见，而是执意派孟明视（百里奚之子）和白乙丙、西乞术（蹇叔的两个儿子）率兵出征。

蹇叔见不能劝阻穆公，便在东门外痛哭着对孟明视等将领说："我今天看着大军出发，却再也见不到他们回来了！"

秦穆公派人对蹇叔说："你知道什么？ 你若只活个中寿，坟上种的树该长到两手合抱粗了！" 见还不能使穆公醒悟，蹇叔又哭着对随军出征的儿子白乙丙、西乞术说："晋人御师必于崤（今河南洛宁西北），崤有二陵焉。必死是间，余收尔骨焉。"秦师遂东进，不久，秦军全军覆没于崤。

崤山之战过后的秦穆公三十六年（前624年），在一次朝臣齐聚的庭会上，秦穆公作《秦誓》自责不听蹇叔之谏。

这段历史故事，史称"蹇叔哭师"，《史记》《左传》等史籍均有记载。

据史志记载，蹇叔当年入秦为相，助秦强盛。其百年之后，子孙为纪念他，就以祖名为姓称为蹇氏，分两支居住于两地：一支在秦国都城雍城附近，一支居于"雍州蹇家沟"，即今五丈原蹇家沟，世代相传。根据《通志·氏族略》记述，蹇叔是蹇姓氏族的始祖，这也是有关蹇姓唯一的源流。

搜古索今的冲动和对古地的亲近向往使我们急于去寻访"蹇家沟"，一睹其容。

我们一行到了五丈原下的五星村，问村人，皆不知有蹇家沟这个地名。村中虽有蹇姓分布，但不是很集中。急急查阅地图，在五丈原范围也未发现蹇家沟这个村子。

正在我们迷茫之时，遇一老者，有70余岁。问其蹇家沟，老人思索良久，说："你们找的大概是蹇子沟吧。"一听"蹇子沟"，我们顿时来了精神，蹇子不就是对蹇叔的尊称吗？老人耐心地给我们比画着前行路线。走了不远，来到老人说的丁字路口，也看到了老人说的白色照壁。细看照壁上的文字，才知此沟曰"剪子沟"，而非"蹇子沟"。原来我们寻沟心切，理解有误。

剪子沟狭窄、坡陡，沟中一溪清水欢流而出，沟左有水泥路直通而上，沟西面三孔张口欲诉似的废弃窑洞高挂于半崖，徒增几分历史的沧桑之感。

我们沿水泥坡路边看边走。走着走着，水泥路却戛然而止，左为荒地，右边不远处有一村落。沿小路到村边，只见村落坐南朝北，背依五丈原高顶，村落与原顶落差在30米左右，东西两面略高，呈箕形；西邻诸葛亮庙；向北，可俯视渭河川道；远眺，对面北塬上下情况一览无余。箕形地势使得这个村落极为隐秘，既有北视之开阔，又有独立世外之幽谧。

在村口询问仅见的两名路人，说明来意，40多岁的路人很热情，连说村名叫"大沟村"，村里60户人家，蹇姓占三分之二多。"听村里老人说村子和古代一位丞相有关呢。"他们热情地向我们介绍了被村里人尊为"文化人"的白东财老先生。

白老先生听了我们的来意，高兴地说，村里蹇姓就是秦穆公的丞相蹇叔的后代，村子的历史有两千六七百年呢。他高兴地领我们参观了位于村西、过去人们居住的那条大沟。原来，20世纪70年代前，村人就沿"大沟"两边凿窑而居，沿沟上、中、下有三口水井。后来人们才渐渐在沟西面的平地上盖房建院，成为我们今天见到的村落，沟中窑洞渐渐废弃。

如今，站在沟岸上，看着废弃的一孔孔窑洞，看着高出沟岸许多的树木，顿生一股沧桑古意。侧耳细听，冬风轻拂，仿佛能听到悠远的诉说和昔日的欢闹：辘轳吱呀、孩童嬉戏；刀案叮当，风箱欢唱；崖背上炊烟袅袅，沟底暮生寒烟……

村中人讲，蹇姓别处不多见，五丈原只有大沟村比较集中，五星村有蹇姓，但比较分散；东面不远处的蹇家滩，基本全为蹇姓，但都是从大沟迁移而出。

查阅史志，可以看到的最早的明朝史志中有"大沟"之名，而未有蹇家沟之称。而各代史志在名人介绍中均因循古记，有"雍州蹇家沟"之记。

经过这次寻访，我们初步认定：大沟就是史志中的蹇家沟。原因如下：其一，蹇家沟，必是蹇姓集聚之处；其二，必沿沟而居；其三，五丈原周边再无符合上述两条件的地方；其四，县志均记载蹇家沟"有蹇叔祠"，而大沟沟口曾有蹇叔祠。70多岁的蹇应奎对此记忆犹新。可惜蹇叔祠在20世纪60年代被拆除，碑石等也不知去向。

那为何不叫蹇家沟，而叫大沟呢？据白老先生分析，早在明朝之前，随着沟中其他姓氏人口增多，蹇家沟的名称已不能反映沟中姓氏分布情况，再叫蹇家沟，可能引起其他姓氏的不悦，于是人们便商讨取沟大、可容居人口多、沟内多姓大同之意定名为大沟村。白老先生的分析不无道理，此类村名之争的情况在历史上也不鲜见。

蹇家沟，这个古老的地名，在经历了2000多年的历史风雨后，渐渐浓缩为县志中的一句记载，但"蹇叔哭师"的故事仍在流传，让人深思、回味……

春风和煦野菜香

野菜，在西府人眼中，依然是上天赐予的口福之物。

每年春暖花开时，便有人寻觅于麦田垄畔，得之者喜不自禁，一顿无污染的营养美味将出现在饭桌上，食之者则直呼"好香！"开春最早的野菜大多来源于麦田、荒地中，有"麦蒿萍""油勺儿"等，大多贴地而生，低小如草。这些菜采回来，便可随面条下锅，面的净白和菜的翠绿相配，从视觉上能极大地调动起食欲。如果采得多，也可以用沸水焯过再凉拌，这可是稀饭的绝配，不论从色彩还是营养，都叫人食欲大增。

到麦子"起身"的时节，麦田不能去了，这时再去践踏麦苗，收成要大受影响。但此时荒地河滩、路边崖畔长出了鲜嫩的白蒿子、野苜蓿等，采回家可和点面粉蒸麦饭，咸吃淡做皆可，主食配菜皆宜，靠的就是你对生活的想象、热爱和向往。气温再高些时，灰灰菜等也是嫩绿灿灿，在微风中摇头晃脑，好像唯恐自己不被发现似的。

每年开春，绿油油的野菜招引着人，地里采野菜的人渐渐多了起来。老人是这支队伍的主流，他们为了儿孙能一尝新春的新鲜勤采不辍，一生中都是这样把儿孙挂在心上。这也是他们保持一生的习惯。年轻人节假日也会领着孩子出动，散心为主，次饱口福。孩子在春光中更是可爱，跑前跑后，采一把跑到大人面前问一句"是这个吗？"得到肯定后喜得像在学校得了小红花一样。

就这样，孩子们早早识得了野菜，体验着付出与获得的快乐。野菜采回家中，上了饭桌，吃一口自己劳动所得，满嘴的香来自心底。你一口我一口，其乐融融；你说香他说香，浓情四溢。

周秦文化滋养的西府人素来友善，采着菜的，见了街坊邻居、朋友熟人，便你一大把、他一小包分些去。受之者连说野菜真香，更忘不了叮咛道："下次去采，一定记着叫上我。"于是采野菜的队伍一拨又一拨，不断壮大。

在采挖中快乐，在快乐中识记，在识记中有了收获，在收获后快乐地分享。一代一代就这么采挖，也就这么幸福和快乐着。

采回野菜，老人见儿孙们大口地吃着，便感到无比满足，儿孙们满口称香，是何等的享受。满足中、享受中，家的温情愈浓。其实人们在乎的不是菜，而是这揉碎在平常日子里的浓浓的情。一代一代受了影响，采野菜吃野菜的传统也便这样传承着。

虽然现在市场里也出售野菜，可怎么也比不上自己亲手采的那么香甜。

一些喜好、一些季节的事情就这样一辈一辈传承下来，一代一代传递着，形成了区域的、民族的一种文化。

野菜也一样，一年又一年传承着先辈的禀性，喜在河滩的，依然绿绿的在河滩招摇；喜在崖畔的，摇曳在高处的春风里；喜在路边的，依然在春光中看着路上的人来人往……枝芽绽放，奉献于人，一茬又一茬嫩绿绽放，一年又一年青了又枯，枯了又青。它们的祖辈，也曾陪伴我们的祖先一代代走向繁荣。

三千多年前，古公亶父带领其部族来到周原，一下子就发现这里连苦菜都如饴般香甜，于是就有了载于《诗经》的长歌《绵》："周原朊朊，堇荼如饴。"三千多年了，可野菜的浓香还是那样一成不变。

西府大地，浓浓的春风里，野菜浓浓地香在心里！

眉县清代屏风传家风

眉县金渠镇宁渠村的王姓家族，珍藏着一组清代道光年间的屏风。

王姓家族的王老先生今年76岁，视屏风为珍宝，他说，要守住先人留下的恩德与家族的历史和精神。

屏风为常见的立式座框，由座框与可装卸内胆两部分组成。座框雕工古朴、严谨，与内胆对应为12框。屏风内胆也是12幅，为双面精裱，一面为"芳躅序"，赭红底，上书柳楷苍劲而清秀，记载并赞颂了王姓先祖的高德之行和家族的家德家风；另一面为12个条幅的水墨画，似为家族故事。

据王家老人说，屏风为王姓家族用物，老人们口头流传：家族有喜事，即以"芳躅序"示人，赭红底色上笔墨清秀祖德昭昭，教化后人；家族有白事，即以水墨绘画示人，水墨黑白，故事列列，谕励族人。20世纪60年代前，家族内有大事时就曾用过。如今，王家族人视屏风为珍宝，珍爱的正是祖上的善德与家族的家德家风。

据屏风上的"芳躅序"记载，王姓在本地为大户望族，向来乐善好施。早在乾隆年间，因接济邑困、济助乡里而获有司"惠比东山"金字牌匾褒奖，金字熠熠，褒勉昭昭。

王氏家族发展到道光年间，由王宝器、王庭殖两位堂兄弟打理家族事务。堂兄王宝器"天性朴诚，好恬静"，家族对外事务全仗堂弟王庭殖"幹济"；王庭殖处事果敢、尊长爱幼、心地良善、口才较好，使得家族内外和谐，也使得王氏家族"田园日广，堂构聿新"，富甲邑里。

清道光四年（1824年），"县立公局兼修横渠书院诸生"与"衙内差役相处不和，常常于诉"。后由王庭殖主持经理年余，他处事公道正直，化解矛盾能力强，其间"官民胥安"。

王氏两位堂兄弟家族内互相尊重，对外乐善好施、济困解难从无犹豫。

眉县城隍庙年久圮坏，欲行修缮，可预算下来"费用当过数千"，众人一筹莫展。王庭殖得知后，便以自己名义贷钱，"率众鸠工"，用了年余时间终于完成了修缮工作。

王庭殖做事旷达长远，经常是"怨则归己，德则归兄"，故而堂兄王宝器"众望悠属"，被推举为"乡饮正宾"，而王庭殖仅以九品衔终。

两位老人"虽不同父母"，但"如花萼相辉"。后南方兵燹，王庭殖以兄长王宝器之子王大伦名义助资军饷，使得王大伦"蒙赐八品顶戴"。

每遇大役大务，"邑侯屡邀庭翁"，王庭殖总以身老为由，让王大伦"更端代理"，使王大伦得到"四境悦服"的乡誉。

特别是道光十六年（1836年）因春旱损苗，夏收无几；秋又蝗灾，谷损八九，关中地区出现了饥荒。"时价斗米二千"，眉地大部分家庭"日不举火"，一天吃不上一顿饭，饥民遍野。

王庭殖看到此景，心忧如焚。他一方面拿出自家存粮接济邻里，助度荒年；同时慷慨捐银300两，并让长子王大德以自己名义拜访眉邑富户，说服动员他们为灾民捐钱济粮。

正是王家的辛苦奔走和努力，使得大灾之年眉地野无饿殍，度过了荒年，王庭殖老人因此蒙赐九品顶戴。

因为王家乐善好施，仁义恩德，乡里对其交口称赞，王家也多次获得乡邻及官方送匾褒扬。在王家，除了乾隆年间有司褒奖的"惠比东山"金字牌匾，还有乡邻赠送的"义周里党"匾、县令送的"好善乐施"匾、郡守褒奖的"辅义励公"匾等。

王宝器、王庭殖两位老人，相继于1837年、1840年离世，其子孙继承祖上乐善好施、仁义尚德的家族之风，毫未懈怠。

道光二十四年（1844年）季春（三月）上浣（上旬）的一天，王家姻侄、敕授文林郎刑部福建清吏司七品京官杨振鹭在王家一次亲友聚会宴席后，应王家216名眷属亲友之请，将王宝器、王庭殖及祖上"可与风世之事"以及众人所议所论撰文以志，由例授徵士郎直隶吏部判、庚子举人、眷属晚生杨甲寓书写，眷属晚生进士王应奎校订，其他亲友家眷在外为官者六人审阅，随后由王家装裱制作为屏风世代相传，即我们今天有幸看到的王氏"芳躅序"屏风。

如今，我们看着170多年前的屏风，读着书写于170多年前的"芳躅序"，物美字俊，芳躅昭昭，观于物而感于心，济民之贤德，代传不懈。

这些记载，不仅是宁渠王姓的历史，更是道光时期中国历史的一个片段、一个缩影。

王姓两公时期，正值鸦片战争前夕，从"芳躅序"我们可以窥见中国一个普通乡村的面貌和精神。贤者的爱国、爱乡、爱村、爱民及知社会之艰难、民生之多困而乐善好施、济困救难的仁德，让我们肃然起敬。

王姓老人珍存的不仅是王姓的历史，更是村、县历史的记忆和精神，让我们从中可以窥见那段历史的笑容或悲伤，或那淡灰色天空的灰蒙。而其中的努力、仁德和知困而济的精神，不论是在那样灰蒙的天空还是现在都是那样闪亮，让我们缅怀、敬仰，也更催发后人奋发不懈，追比先贤！

眉县齐家镇石斗的故事

  眉县首善镇西关村的范先生，家里保存着一个奇特的宝贝。

  宝贝由一整块青石制成，整体呈倒梯形，长约 0.9 米、宽约 0.7 米，上面正中有一长方形坑槽。坑槽上平面两侧各有7字，右为"眉县正堂褚裕仁"，左为"道光四年六月造"。这14字明确告诉人们，此物件为道光四年（1824年）六月由时任眉县县令的褚裕仁监造。宝贝正立面有竖行大小字 30 个，字迹清晰。最右边竖行三字为齐家镇，余为"仃斗（即裸斗）式拾叁筒，盖通板长过斗式寸宽四寸为准"。

  这个宝贝是做什么用的？它和齐家镇又有什么关系呢？

  曾参与杨家村27件青铜器重大考古工作的眉县文化馆文物研究员刘怀军先生为我们揭开了齐家镇"石斗"背后的故事。

  位于秦岭脚下的眉县齐镇即齐家镇，是西北有名的古镇，其历史久远，拥有丰富的三国文化资源。齐镇南约 5公里的斜峪关即三国时的古关要隘，其扼褒斜古道北口，地理位置极为重要。斜谷口北约2公里处的积谷寺村曾是诸葛亮的大型军用粮库"邸阁"所在地。斜谷历来都是重要的军事要隘，据《宋史·包拯传》载，北宋时，依托秦岭丰富的木材资源和水路、陆路便利的交通条件，齐镇地区曾建有大型造船厂"凤翔府斜谷造船务"，配有驻军。

随着此地屯兵、驻军及斜谷南北物资、文化、人员等往来交流，明代中期，位于斜谷北约 5公里处开阔地带的集市"齐家镇"已相当繁荣，是山货及汉中、四川北运货物的集散地。

修于明正德十六年（ 1521年）的《凤翔府志·市镇》和清乾隆三十一年（ 1766年）的《重修凤翔府志》中市镇一节均载"……齐家镇，县南二十里，双日市"。从这些记载，我们能窥见那时齐家镇的繁荣：每隔一天开市，人头攒动，南来北往的客商操着南腔北调讨价还价，集于此地的货物或散发于关中各地，或远走于平凉、天水、兰州，或翻山越岭远供于汉中、四川。"齐家镇"集市名响关中、汉中乃至西北、四川。

随着贸易的不断发展和集市的壮大，贸易纠纷也在增多。据估算，康乾之世，齐家镇粮市年吞吐量在50万石左右。如此大量的粮食交易中，来自南北各地的商贾使用着略有差异的量器，由于量器标准差异造成的纠纷、讼告乃至人命事件也随之上升。

到了道光四年，时任眉令一年余的褚裕仁通过深入调查，弄清了矛盾纷争产生的核心——因地域形成的量器差异。于是褚县令便产生了做一个不易磨损、不易被损坏、不易被修改的标准量斗，将其放置于齐家镇粮市，使南来北往的商贾共同遵守标准量积的想法。

聪明的褚县令选择了坚硬的石材，亲自计算量积标准，设计图纸，交由石工凿造。为表标准斗的权威，同时也防止人为更改其容积，褚县令命工匠在标准斗的上平面两侧分别刻上"眉县正堂褚裕仁""道光四年六月造"字样，并在标准斗前立面刻写了使用地齐家镇及标准斗容积与市场另一常用量器筒的换算量"仟斗式拾叁筒……"并说明使用方法"盖通板长过斗式寸宽四寸为准"。严谨的褚县令为防止使用标准器时斗面高低形成误差，设计了"通板""刮平"，确保标准斗的公正和公平。

标准斗放置于齐家镇粮市使用后，粮市有了公正无私的标准衡量器，交易纠纷急剧减少，齐家镇粮市更加规范有序，享誉关中及甘、川等地。标准斗在当时也起到了现代市场"公平复秤台"的作用。

斗转星移，齐家镇标准石斗辗转被范先生祖辈收藏于家中，一直珍存至今。

如今，这方石斗静卧在渭河岸边的农家，白天仰望太白悠悠，夜晚静听渭水汤汤。

也许它会回忆，回忆起昔日的车水马龙、人流如织；也许会想起量验公正、抚平纷争的宽慰；也许会在静静的夜晚仰望天空，看最亮的那颗星星。

探秘眉县唐代经幢

在眉县人民政府大院东侧，有一尊20多米高的七级方塔，在塔北侧不远处立着一座唐代汉白玉经幢。

经幢高218厘米，周长165厘米，八棱柱体，有底座、幢盖，其上雕刻有图案。幢体八面楷书《佛顶尊胜陀罗尼经》，每面宽 26 厘米，刻书汉字8行，每行60字，字体刚健清秀。幢身距底座面20厘米处有6个棱面刻有共 40多个人名。

那么，经幢上的 3000多字到底说些什么呢？

原来，经幢上的文字有三部分：第一部分为"佛顶尊胜陀罗尼经序"，记述了陀罗尼经汉文版由来的故事；第二部分为经文，有意译、音译两部分；第三部分即为捐资制幢者的姓名及制幢时间。

据经幢所载，唐仪凤元年（676年），有一位婆罗门僧佛陀波利从佛教盛行的"西国"（指印度）来到大唐帝国。他听说在"震旦"（指中国）有文殊大菩萨的道场，特地长途跋涉，拜访了当时的佛教圣地五台山。在五台山，波利受到化作老翁的文殊菩萨点化和示教，于是返回"西国"，取《佛顶尊胜陀罗尼经》，以"广传汉地""广济众生"。

永淳二年（683年），波利持梵本《佛顶尊胜陀罗尼经》回到大唐都城长安，将自己在五台山受点化和示教及回"西国"持取经书的事述奏给"大帝"唐高宗李治。于是，帝"请日照三藏法师及敕司宾寺典客令杜行颛等共译此经，敕施僧绢三十匹"。原梵本及翻译本《佛顶尊胜陀罗尼经》均被高宗留置皇宫。

后经波利再三以"捐躯委命远取经来，情望普济群生救拔苦难"请求，"帝遂留翻得之经，还僧梵本。其僧得梵本将向西明寺（位于今眉县下西铭村）。访得善解梵语汉僧顺贞。"波利于是同精通梵语的汉僧顺贞又翻译完成了此经书。波利随后持梵本经书赴五台山。

这样，前后两次翻译的两个版本并拓本都流行于世，但两个版本存在"其中小小语有不同者"的情况。

到了垂拱三年（687年），定觉寺（即经幢所在地的眉县净光寺）主僧志静因在"神都魏国东寺"（洛阳东寺）停留，见到了日照三藏法师。志静问法师此经书的传奇来历，法师所述如上文所述。志静于是向三藏法师咨问"神咒"（梵文经文内容及读音）。"法师于是口宣梵音，经二七日句句委授。具足梵音一无差失"，还拿出"旧翻梵本"进行了校勘，"所有脱错悉皆改定"。新校勘后的经文和咒语没有一点差错，并标注了"咒语"的梵语发音，以"讫后有学者幸详此焉"。

永昌元年（689年）八月，志静在大敬爱寺见到了西明寺上座澄法师，问其此经的来历传奇。澄法师的说法与三藏法师完全相同，并告诉志静：与波利翻译过梵经的"善解梵语汉僧顺贞"现在就住在西明寺。

于是，志静"恐有学者不知故，具录委曲以传未悟"，便将波利"受到文殊菩萨化作老翁点化和示教"的传奇、翻译《佛顶尊胜陀罗尼经》经过，自己向三藏法师讨教并校勘经文、在大敬爱寺见澄法师之事作记为序，记于经校勘并"注其发音"的《佛顶尊胜陀罗尼经》前，连同经文传于僧俗信众。

当时佛教兴盛，此经书甚为流行。近百年后的代宗朝，皇帝李豫敬信佛教，于大历十一年（776年）颁布诏令："命天下所有僧尼每天须诵《佛顶尊胜陀罗尼经》二十一遍。"诏令助推了此经书的普及，也使得此经超越了宗派区分，成为佛教界最普遍通行的经典。

时光飞转，到了元和十一年（816年），"定觉寺"以40多名僧俗信众的资捐，将寺传上品《佛顶尊胜陀罗尼经》序及经文镌刻于经幢之上，以图昭示僧俗。

眉县唐代经幢历经1200多年风雨沧桑，流传至今，具有很高的史料价值。千百年来，它一直静立于眉城一隅，感受着历史的冷暖。

又到关中麦黄时

小满节气一过，关中大地的小麦在"算黄鸟"的叫声中一天黄似一天，空气中也弥漫着清新、香甜的麦黄气息。

每在这个时候，儿时的麦黄景象就像过电影一样一幕幕浮现在眼前。

在关中，每个农家孩子对"算黄鸟"的故事并不陌生，那可是每个孩子故事库中的"必备产品"。每到"算黄鸟"叫起的时候，家里的爷爷奶奶或是父亲母亲，或是哥哥姐姐，都会说起"算黄鸟"的故事。就这样，故事将勤于农事、谨守农时的观念深深地根植在每个孩子小小的心田。

记得在我小的时候，每当"算黄鸟"叫起时，父亲便会将木锨、木杈、镰把、推耙这些已经静置了一年的夏收工具拿到院子里，一个一个检查，个个被收拾得紧凑顺手。父亲也会拿出磨刀石、镰刃，哧啦哧啦地磨上半天，直到磨得个个刃面闪亮、一个赛一个锋利，才会满意地收好放妥，然后满心期盼，等待着麦子黄透后的开镰。

当麦子在田里由金黄变成泛白的亮黄时，"算黄鸟"的叫声也一天紧似一天。

在这段时间里，抽着长杆烟锅的三爷坐不住了，他到地里看麦子的次数也越来越多。站在地头，他常常会抚着近前的麦穗，对着大片金黄的麦浪，脸上露出满意慈祥的笑容，就如同看着那群光着屁股玩泥土的孩子们。

三爷有时会掐下几朵麦穗，放在粗大的手中揉揉，一边两手上下倒换，一边缓缓地吹着气，不几下，手中便是半把鼓饱饱的鲜麦粒。他会一仰脖全按在口中，然后慢悠悠地品嚼着，山羊胡子一翘一翘的。尝过新麦香的三爷说："今年会有个好收成，有白馍馍吃了。"

在那个需要布票、需要粮票、需要肥皂票的困难日子里，面对即将到来的丰收，人们脸上有了许多的喜气和笑容，整个村子也浸染在即将开镰收割的喜气中，浸染在对未来生活的万千憧憬中。

有个好收成，一直是千百万像三爷和父亲这样的农人心底急切的渴盼，也是关中大地每个家庭、每个村镇一年的期盼和希望，更是年复一年生活的心劲。

那时，小满过后，二婶和母亲们也就更加忙碌起来，每个家庭主妇要想尽办法用极有限的米面油去改善家庭的伙食。在关中农村，夏收是"龙口夺食"，时间紧，劳动强度大。于是家庭主妇们就得想尽办法让家里的劳力们吃饱吃好，捞干面、摊煎饼、烙油饼、蒸白面比较多的"金裹银"馍等。母亲和二婶在那饥饿的年代里带着美好的期望，用对生活满满的信心，用生活的智慧，想着法儿让家人尽量吃饱些、吃好些。

家里稍宽裕些的，会想法去割一斤或半斤肉，燣成臊子。那些年，一年当中只有过年时才能吃点肉，平时难见荤腥。一家燣臊子，香飘全村。燣妥的臊子可不是随便吃的，这臊子得从割麦开始一直吃到碾罢场，智慧的家庭主妇会让这段时间家里顿顿饭见荤气。每个家庭主妇尽着生活的心劲与智慧，经营着一家人的期望，使得家中洋溢着满满的希望和快乐，就像关中大地上那一片一片的麦黄给人希望和快乐一样。

关中的麦子黄了，黄得诱人，黄得希望照耀。麦子黄了，何时开镰收割，是有好多说道的。收得早了，浆不饱，收后粒瘦麸多、面少味差；收得迟了，麦壳炸皮，失散到地里的就多，这是庄稼人最不愿看到的。

村里的开镰当时是由三爷决定的，村里人说三爷能掐会算呢。等到有一天，三爷看麦回来，对生产队长说："明天割麦"，那就是说，村里今年的夏收开始了。用三爷的话说："开始割白馍馍！"

那时的我们看着麦黄，也兴奋无比。在我们眼里，割了麦子，就有白馍馍吃了。能吃上白面馍馍，这是那个年代庄稼人孩子心中最大的向往和享受。

麦黄时节，孩子们的"玩具"也多了起来，翩翩舞动的蝴蝶、自由来去的蜻蜓、池塘里呱呱歌唱的青蛙等。麦收开始后，还会有用麦秸编成的蚂蚱笼和笼里吱吱欢叫的蚂蚱挂在门框边，每顿吃饭，家里的孩子会撕一小片绿菜叶塞进笼里喂喂这会叫的"玩具"。养得好的，这叫声一直会到初秋呢。那个年代的这些"玩具"，如果放到现在，那可是很值得在微信圈里嘚瑟一下的。

每每在麦黄时节，这些儿时的记忆就会被唤起，在这飘着麦香气息的空气里回荡。

如今，每顿都可以吃上白面馍，收麦也有了收割机，夏收再也不用那么辛劳，自然少了些趣事笑谈。但不论何时，几千年来，关中麦子黄，黄的是浓浓的生活希望和欢欣快乐，黄的依然是一年的馍香、面香和生活的浓香。

一年又一年，又到关中麦黄时！

苏轼与邸阁寺

在眉县齐镇斜峪关北口不远处，有一个村落叫积谷寺村，姜眉公路穿村而过，向南直通向斜谷。

积谷寺村是一个历史悠久的古村落，因寺而得名。

成书于公元 280年左右的史书《三国志》中《蜀书·诸葛亮传》记载："（建兴）十一年（ 233年）冬，亮使诸军运米，集於斜谷口，治斜谷邸阁。"其中的"邸阁"指的是古代官府所设储存粮食等物资的仓库，史书中的"斜谷邸阁"即在今天的积谷寺村所在地。有邸阁，人聚居，设寺立祀，地名称邸阁寺，渐成村名；后口传音转，成为积谷寺。较之邸阁寺，两者意义相同，但积谷寺叫起来更为顺口通俗。

积谷寺虽然历史悠久，位于古斜谷关口，是三国时的军事要地，但它和宋朝大文豪苏轼又有怎样的关联呢？这还得从北宋嘉祐八年（1063年）说起。这年夏末，关中久旱不雨，出现严重旱灾。凤翔府属各县旱情更为严峻，禾苗几近干枯，井中乏水，百姓生活困顿。苏轼受刚到任月余的知府陈公弼委派，于农历七月二十四日率员前往府属的磻溪和眉县太白山两地祷祝求雨。

苏轼一行顶着七月的炎炎烈日，急急赶路，日行夜宿。心急如焚、感念民困的苏轼夜难成寐，七月二十六五更便匆匆唤起众人，从曾阁寺（位于今虢镇南）急向磻溪进发，到磻溪时，天还未亮。苏轼带领众人在姜太公塑像前虔诚地进行了祭祀仪式，并亲自朗读了自己拟写的祷文。

磻溪祭祷之后，苏轼一行又头顶烈日，在微风狂尘中焦急赶路。

农历七月二十七，苏轼一路风尘，来到了斜谷口的下马碛（即今积谷寺地区）。因为天气炎热，苏轼一行便在邸阁山寺稍作休息。山寺为"邸阁"旧址，寺院内有一阁，名为怀贤阁，是当地人为纪念诸葛亮而建，所以明版的《眉志》曰："故先治邸阁于此。后人因仿迹，作阁，命曰怀贤。"而且记载"此寺隶（眉县）净光僧会司"。

苏轼站于阁中，南望斜谷，山如犬牙交错远近不同；西观，远处的五丈原如同迂曲的长蛇。在这古关之地，登临怀贤阁，诗人苏轼感慨万端。诸葛亮率十万大军北出斜谷，俯视关中，图谋中原的豪壮之气；羽扇纶巾，谈笑间，樯橹灰飞烟灭的英才气度；天不假年，长使英雄泪沾巾的惋惜，使得俊才英年的苏轼心潮难定，遂挥笔作诗一首，诗前序文"是日至下马碛，憩于北山僧舍，有阁曰怀贤，南直斜谷，西临五丈原，诸葛孔明所出师也"。诗中写道："南望斜谷口，三山如犬牙。西观五丈原，郁屈如长蛇。有怀诸葛公，万骑出汉巴。吏士寂如水，萧萧闻马楇。公才与曹丕，岂止十倍加。顾瞻三辅间，势若风卷沙。一朝长星坠，竟使蜀妇髽。山僧岂知此，一室老烟霞。往事逐云散，故山依渭斜。客来空吊古，清泪落悲筎。"

诗中有对诸葛亮"万骑出汉巴"的敬慕，有对其"岂止十倍加"的敬佩，有对"势若风卷沙"的赞美，有对"一朝长星坠"的惋惜，有对"往事逐云散"的感慨，更有"客来空吊古，清泪落悲筎"的发自心底的缅怀。

在邸阁古寺小憩之后，苏轼一行又匆匆前行，往太白山祈雨。

如今，古地犹存，山色如一，古迹遗物已无处可寻。历史，执着而前，只把那些"五丈原""斜谷""邸阁""下马碛"等名字留在古籍史册中，让后人能触摸到历史的脉络，能窥见那昔日的天高云淡、春去秋来。

如今当我们站在这古关故地，那些历史中的秦时明月汉时关，又何尝不是我们可以悠然回顾的风景呢？

岐山醋香

岐山醋香，享誉三秦，西北闻名，这一直是不争的事实。

醋，对于岐山人来说，有着特别的感情。在岐山人眼中，醋不仅是日常生活中不可或缺的一种调味品，更重要的，它代表着一种乡音、乡情、乡魂。

醋，对于岐山人来说，那情感，就如同麻辣味之于四川，乡情之浓、乡俗之美，源出于心，从里到外浓香飘溢。

醋香风飘，熏染于关中，名享誉西北，即使在全国，也有一定的市场份额呢。

在众多的岐山特色吃食中，以岐山面皮、岐山臊子面名气最大。光看吃饭时人头攒动的场面，食客满脸享受的吃相，耳边"吸溜"的声音，你也会顿时食欲大增呢。岐山人会告诉你：面皮好吃，臊子面爽口，但离开了岐山醋，就会顿失一半美味。这就是全国各地挂着"岐山"招牌的面皮店、臊子面馆不少但味道稍逊一筹的原因。

对于岐山人来说，岐山醋是浓浓的乡音。在外地，在冠以"岐山"招牌的臊子面馆、面皮店里就餐，岐山人总觉得他乡的醋不酸、味不鲜，所以总爱多加些醋，这似乎是在外岐山人的模板式举动。故而若见有人加醋，旁边就会有人问："你是岐山人？"若得到肯定的回答，于是倍感亲切，就此打开了话匣子，越说越起劲，直引得别人都顿生羡慕。他乡遇知己，那兴奋劲足着呢；即使说"不是"，共同吃食的味觉爱好也将人与人拉近了好多。岐山人会特别骄傲，一会儿，从酸说开去、从醋讲起来，直把家乡描绘得犹如一朵花，令人羡慕不已；把家乡的吃食描绘得让人垂涎三尺，顿有"不辞长作岐山人"的想法。周秦文化熏染的岐山人会让你感受到周礼文化、秦人豪爽的风采和魅力。以岐山醋为自身风骨的岐山面食，千百年来已把家乡浓浓的周秦文化基因融入到每个人的骨血中。

岐山醋是浓浓的乡情。出门在外的岐山人，离开家时，别的都可以不带，唯独不会忘记带一瓶自己家里酿的岐山农家醋和一小瓶家里的油泼辣子。离家在外，想家了，饭里加几滴醋，就有家乡的味道；想娘了，面条里加些醋，就会品出家的味道。加上醋、放点油泼辣子，一碗面，醋味飘香，油辣味浓溢，色香味俱全。吃在口中，香满于口，情满于心，那份情，浓烈悠长！此时，举头望明月，家在远方，浓情却在心上！

子女在外，老家的父母有条件的总会想法用瓶瓶罐罐将醋捎给儿女。这捎去的，不仅是家乡的味道，更是切切的牵挂；儿女收到后心里暖暖的、喜滋滋的，像得了宝贝，浓浓的亲情在外地也充盈于家室、弥漫于心间。

千百年传承的酿造古法、纯粮工艺、甘甜的深井水，加上深受周秦文化熏染的酿造者，成就了岐山醋的醇香。《周礼》中就记载有"醯人掌五齐、七菹"，以此来看，早在西周时，王室就已有专管酿造的技术官员"醯人"。另据清人庄颁《物原类考》中考证，"周时已有醋，一茗苦酒，周时称醯。"由此可见，醋的酿造和食用历史最少也在三千年以上。岐山醋，源于"醯"，在民间经过千百年的传承、完善，形成了适合于家庭酿造的独特制作工艺，也成就了岐山醋"红褐透亮、醇醴清香、酸而不涩、柔和爽口、后味绵长"的色香味俱佳的特色。

真正的岐山醋指的是以民间工艺酿造的农家醋。岐山农家醋千百年来世代相传，代代飘香。岐山农家醋以大麦为主原料，大曲酿制，工艺复杂，多道细小环节看似平常，但不可闪失，一有闪失，即会前功尽弃。而这些细节主要靠一代一代的婆媳在制作中手把手相传，制作过程中也无精确比例、温度等数据，全靠传承制作者的用心感觉，而其中的细节也不与外人道。

制醋，一般从夏忙后就开始了，从采曲、煮醋、拌醋、发醋到淋醋等过程，断断续续需历时五个月。忙时往往是全家动员，分工协作，互相配合，一家人其乐融融，其情浓浓，全家人在共同期盼中等着新醋的醇香飘溢。终于等到最后一道程序淋醋的时候，远远地便会闻到醇香飘溢。香飘庭院，全家兴奋。这时，大人小孩一起忙了起来：你往东家送一壶，他让西家尝一碗，舅家送一罐，姑家提一瓶。一份醋，一份香，热了心，浓了情，香飘家园，浓情四溢。你来我往的乡情、亲情之"礼"，为岐山醋注入了文化的脉动和人文的温润。

岐山醋代代相传，传手艺、传亲情、传乡情，浓情溢香。岐山醋香，浓香扑鼻。

眉县嘉庆七年碑逸事

在眉县金渠镇水厂大门外的围墙上，镶砌着一块石碑，这就是立于清嘉庆七年（1802年）的《金渠镇食水碑记》碑。碑上个别文字虽已因风雨侵蚀不可辨识，但细读之下，碑文的记述，会将我们的目光引向历史隧道的深处。

在距今2600多年的春秋时期，卫国人宁戚（后在齐桓公时任齐国大司田）"侨居于秦"，见宁曲一带坡塬上因土厚沙深，不能凿井汲水，百姓食水艰难，于是设计方案，在距赤谷口两公里处垒石围堰，沿谷西的山坡移石迁土，利用地势落差，将水引向金（金渠）宁（宁曲）坡塬之上。

一溪清流，滋润着金宁坡塬上人们渴盼的心。虽然当时以至后来相当长的历史时期内，因为人力等因素所限使得渠窄水小，但此渠却解决了人们当时的生活之忧。有感于宁戚造福一方百姓，人们便将当年宁戚侨居之地称为"宁曲"，并将宁戚所修引水之渠称为"宁戚渠"以志纪念，后世也代代享用此渠之利。

宁戚渠对滋润一方之利，起了很大作用。但因当时和后世历朝的生产条件、围堰以及引水渠一直比较简陋，加之赤谷汛期大水肆虐，围堰及环坡引水之渠常常遭到损毁。在保留下来、今日依然可见的渠首摩崖石上，斑斑刻记着，从明成化二年（1466年）到清康熙、道光年间，以及民国十六年（1927年）等历史时期，仅对此渠遭毁灭性损毁后的大型重建维修就有七次之多，大部分记述着"邑宰""亲率""金渠十三村重修"等字样。从中可见，这条造福金宁坡塬的清流可谓多灾多难，也足见其对于当地人的重要。

出赤谷由南流向北的宁戚渠是宁曲以南沿渠地区用水的主要依靠，因而，随着此区域人口的不断增加和耕地的扩大，因用水而争执、械斗的事情时有发生。在金、明、清时期，多有部分人专享用水而使众人涸旱之事，故历朝多有民众告发。鉴于此渠对金宁塬上人们的重要性，每一次"督抚道按诸大人无不执法以惩戒之"。金渠无量神庙中的隆庆元年（1567年）碑对这些事情的记载是"斑斑可考"；隆庆之后，渐"水微渠雍"，水量严重不足，争执更是不断。

到了清康熙七年（1668年），时任眉县令梅遇"上体爱养之仁，下勤德政之施"，见"渠水寡少、争水不断"，即"督众鸠工，率十三村之众，筑岸砌石"，疏引赤谷水北经金渠，下注于宁曲。县令梅遇于康熙八年（1669年）竖碑，详记成规，规定：因渠小水细，故而规定沿渠人等"只许人食，不许灌田"。

其后又有邑令张公于雍正年间多次维修堤堰、疏通渠道，其劳作之功，润及后人。

在历次大型维修疏通时，最劳民、最耗财的是修复损毁的架于夜叉沟上的渡水桥，但每次终归功成，造福金宁坡塬上的人们。百姓欢呼，官员喜庆。

谁料，到了嘉庆年间，宁曲村监生付清杰、乡约付魁君、村民李志文等却"白重水利，强霸肆横"，他们多年沿渠植蓄禾树，设障专水，得水之专利。此后，他们愈加肆横，嘉庆六年（1801年）夏天，竟然不顾上游金渠十多村的人干旱无水、食水无着，公然违规引水灌田。

看到这种情况，金渠镇经理水利的生员李翰墨、廪生陈惠迪等于嘉庆六年农历六月既望日（十六日）呈状县府控告。眉县正堂（县令）吕朝选接到呈状，即"亲履勘验，备知详田"，看到渠两边所蓄植的禾树杂枝障碍、丛绵横生。对如此"无功霸水行己害人"的事情，吕县令非常气愤，立即命令将渠边禾树杂枝等障碍全部斩伐入官，并对几名肆横霸水的头目升堂问讯，当堂断令"上足而下用，宁曲村不得强霸金镇食水以灌田园"；并规定：维修渡水的"桥费渠工亦宜照邑口均出，无行抗违"。如此一来，便使得"劳逸均而利害一，天理合而人心平"。此后，经过依规治理，宁戚渠畔日渐祥和。

到了第二年，即嘉庆七年，在夏季用水高峰到来之前，为声明用水制度，以求"永久以息争端"，县令吕朝选即将宁戚渠之来历、维修之艰、嘉庆六年断水之令之规等作记撰文，名为《金渠镇食水碑记》，由郡廪生员王采辑书丹，于农历四月吉日勒石以志，以示规矩。

如今，宁戚渠已经在20世纪70年代重新浚修，渠宽水丰，泽润一方，金宁坡塬上人喜地丰。重新加固、修茸一新的古堰古渠依然清流欢畅，给当地人们送去了心头的滋润和田野的欢歌。

如今，只有这方保护起来的《金渠镇食水碑记》碑和赤谷口留存下来的摩崖刻字石，向人们展示着200多年前以至更久远时金宁坡塬上人们生活的艰辛和一代又一代人的奋争。

回首先辈的来路，让我们倍加珍惜如今这有序、和谐的幸福生活！

眉县嘉庆古碑纪事

在眉县古城村的三圣庙中，至今保存着一通嘉庆二十年（1815年）的石碑。提到这通古碑，村里人人都能说起那段历史逸事。

古城村，位于渭河南岸，与北岸的罗村隔河相望。很早以前，在今古城村西北三四里处的渭水北岸有一个村落，村中有座寺庙叫固镇寺，村落以寺而名叫固镇寺村，村民开垦荒滩点瓜种豆、种麦栽稻，虽滩地贫瘠，但民风尚勤，人们的生活倒也还说得过去。

为了生活，村民们开垦了不少的荒滩地，其中的三顷（1顷合100亩）又二十亩滩地作为固镇寺的寺产，这部分被称为固镇滩地；村民还垦殖了官府早已废弃的原马厂滩地十顷，这部分被称为马厂滩地。

到了清雍正年间，渭河河床南冲，民、寺俱受渭水南移改道之灾。于是村民、寺院都迁往古城址处，村名为古城堡村；由于寺奉三圣，更名三圣宫（即今三圣庙）。

由于渭河河水南冲改道，原属固镇寺村垦殖的大片滩地被河水隔于其北。古城村民认为虽然河水改道，但地属古城，所以常越水种植；罗村人也认为双方以河水为界，水北则为罗村地，当由罗村人种植。为此双方年年发生口角，争执不断。

随着双方人口的不断增加，这片土地对双方来说都显得非常重要。这更加剧了双方的矛盾，两村"滩地之争"愈来愈尖锐。

到了乾隆十二年（1747年），罗村罗殿珍等人以古城村"累年迭报水冲籍"及"马厂坐落于扶风"地界为端由向官府提起讼告。古城村张元音等村民也据理陈情讼告数年，均"悬案莫结"，后来只得到官府"均系朝廷赤子，扶民可种，眉民亦可垦种"的模棱两可的批复。而官府的这次批复更加剧了两村"滩地之争"的矛盾。

乾隆十五年（1750年）官府断结存案时，经张元音等村民不断申告陈讼，凤翔府委任岐山籍官员林某勘察后注明："马厂滩十七顷退滩地有卷可查"，且有"纳租银十两"之实，确属古城村，而固镇滩之地不在此内。虽有此勘注，但双方依然各执己词，矛盾依然没有得到彻底解决。

嘉庆二年（1797年）、三年（1798年），白莲教众多次过境。历兵燹之后，古城村民散失滩地较多，罗村人也伺机南侵，凭借罗村有小村庄名曰"固镇寺村"之名，"横吞其邻"，且扬言"小渭河"（渭河此段最靠南一条与主流同向的小分支）以南的"土粮滩"也是罗村产业。

多年的滩地争执，使得双方都憋了一口气。

这年，古城村与滩地之争有关的45户村民面对罗村的强势显得势单力薄，于是他们同嘉庆十五年（1810年）左右续入本村的60余户村民商讨后决定：由许佩琏、张鲸等为首与罗村争辩，向官府控告。许、张二人两次向凤翔府控告侵占自己滩地的罗谦等罗村人，然而郡守王混却"以无定之渭远为界"，肆意应付。后许、张又告于陕甘巡抚处，巡抚又批转凤翔府，这让村民们很不满。于是，古城村张明德等人又向上控告到都察院。都察院批转凤邠道，凤邠道委派官员姚某来断这桩公案，但罗村以当时耕种现实抗辩，又使得此案迟延莫定。

嘉庆十七年（1812年），在双方多次争执不下的情况下，张明德又一次向上陈讼，依然没有一点结果。次年四月，到了种瓜点豆的时节。两村村民在河滩耕作时，因地界及地块归属问题发生了口角争执，继而发生肢体冲突，到最后演变成了一场两村间的群体械斗事件。渭河滩上，一时成了惨剧的舞台，镢头挥舞间，铁锨棍棒间，在撕心裂肺的呼喊和哭声中，多条鲜活的生命突然停滞，许多人受伤倒地。据载，这次械斗血案中，光古城村就有三人毙命。

直到发生这次血案，才引起了庸官们的注意。都察院委派凤邠道官员胡某勘验地界，并让两村各具甘结"至委署邑侯"郑某处，由郑某查阅资料、综合双方之理，定其疆域、指明地亩、明确四至，这才使得纠缠了80多年的"罗古争滩"公案得以尘埃落定。

嘉庆二十年（1815年）正月，由古城村的"邑儒学生员师定南"将"罗古争滩"的前因后果作文以记，"勒诸石以为后世识"，碑立本村三圣宫。此碑，即今日在三圣庙可见的"马厂滩地碑记"碑。

200年后的今天，近观碑文，我们仿佛可以看到那些庸官庸政害民的丑态，仿佛可以听到渭河滩上那年复一年的激烈争执，仿佛可以听到械斗中那撕心裂肺的呼号、哭泣和失去亲人者的悲戚与无助，让人心痛。

碑石，是浸透了历史、文化和人性汁液的石头。它是一泓清流，可以明亮后世蒙尘的双眸，更是一座座闪烁着历史之光的灯塔，让后世清楚来路，更让后世明白前行之路。

扶风伏波村的故事

在扶风老县城西南约 3 公里处，有一个村子叫伏波村。

说到村名来历，村里80多岁的老人马甲录自豪地说，村子的来历和东汉伏波将军有关，并热情地指着东南方向不远处一座绿树森森、五六米高的封土堆说，那就是汉伏波将军墓。

伏波将军，意即降服波涛的将军，是对将军的一种美誉称号。在汉朝曾有三位将军获此称号，而其中最著名的伏波将军就是东汉光武帝时的马援将军，亦即长眠于伏波村的伏波将军。

那么，伏波将军马援为何长眠此处？

马援，生于公元前 14 年，扶风茂陵（今杨凌区五泉镇毕公村）人，东汉著名军事家。年轻时，他常以"大丈夫立志，穷当益坚，老当益壮"激励自己为国尽忠、勇力勇为。

马援一生军功累身，多有作为。建武八年（公元 32 年），隗嚣叛汉，光武帝亲征，马援"聚米为山谷，指画形势"，标示各方部队进退往来道路，分析战局，透彻明白。

建武十一年（公元 35 年）夏，马援受光武帝任命在临洮等地平乱，安排当地安排官吏修治城郭，建造工事，开导水利，鼓励发展农牧业生产，郡中百姓因此安居乐业。

建武十三年（公元 37 年），马援率军征剿武都叛乱，恩威并施，营造了和平安定的环境。马援任陇西太守六年，务开恩信，宽以待下，官吏皆尽职守，陇右清静安宁。同年，交趾叛乱，光武帝任命马援为伏波将军剿灭叛军。战获大胜，马援被封为新息侯，食邑3000户，从此世人皆以"马伏波"称马援。

建武二十四年（公元48年），南方五溪蛮暴动，前去征剿的汉军全军覆没。时年已62岁的马援焦急万分，他总想尽可能多地为国出力，总担心自己无功受禄，德不称位，于是上书光武帝请命南征。考虑其年事已高，军中事务繁忙，且冒矢石之危，光武帝没有答应。马援于是当面向皇帝请战，说："臣尚能披甲上马！"他还披甲持兵，策马扬鞭，神采飞扬。光武帝见老将军豪气不减，雄心未已，很受感动，笑道："矍铄哉是翁也！"马援说："男儿要当死于边野，以马革裹尸还葬耳！"

这次征剿中，汉军初始节节取胜，但随后叛军以有利地形据高凭险，紧守关隘，汉军行动艰难。加之当时天气酷热，暑疫散布，军士伤亡众多。此时，马援也身染重病，但每次都拖着病体巡营观察、瞭望敌情，手下将士极为感动。

在此征剿受阻、部队疲病之时，马援副将耿舒却怀着个人阴暗私欲，歪曲事实向上密报，诬陷马援。于是，帝派虎贲中郎将梁松前往查看责问马援，并命他代监马援之军。平素就嫉恨马援的梁松到达军中时，马援已重病在床。梁松与耿舒沆瀣一气，诬陷马援只思搜刮珍珠异宝、错误指挥等。光武帝接报大怒，下令追收马援新息侯印绶，由耿舒代替马援监督诸军，马援回长安接受治罪。

回长安途中，因为长途颠簸劳顿，马援的病情一天天加重，走到接近京城的扶风郡（今扶风县）境内时，马援将军在病痛与屈辱中与世长辞。

当队伍走到扶风郡治城西（今扶风县伏波村）时，宫中传来消息：皇帝这次要治马援重罪！此时马援家人亲眷等一片慌乱、风声鹤唳，人们不敢声张，悄悄买地，把马援就地安葬。这位功勋累身的汉家功臣离世后，却连自己的故土毕公村都不能回，只能隔悠悠渭水遥遥相望。

将军下葬后，家人亲眷等也就近居住，祭奠、守护将军，渐成村落，全村皆马姓；为纪念将军，村名伏波。直到永平十七年（公元74年），马援夫人逝世，"乃更修封树，起祠堂"。建初三年（公元78年），汉章帝使五官中郎将持节追策，谥马援为忠成侯。伏波将军声誉才渐渐恢复，得以正名。

马氏后人代代以将军的忠勇为标矢，后代家风纯正，敬祖报国，个个努力，其后人有绛帐传薪的经学家马融、三国名将马超及全国政协原副主席、澳门中华总商会会长马万祺等。

马氏后世子孙也将家风代代相传，尊祖爱国。时至今日，每年春节前，毕公村马氏后人都要敲锣打鼓到伏波村迎请伏波将军的英灵牌位，置于村内马援祠堂内供奉，节后再恭敬地奉送至伏波村，以表纪念，同时也教育后人。近年来，世界各地马氏宗亲纷纷寻根问祖，相互联络，成立了世界马氏宗亲大会，凝聚世界各地马氏后人的怀祖思源之愿。

如今，伏波将军墓如一座丰碑，在近两千年的风风雨雨中矗立不废，凝结的是马氏后人"敬祖爱国、忠勇力为"的感情，也为世人立下了冀表敬仰的丰碑。

跟年集

在西府，过了腊八，年的味道就渐渐浓郁起来，人们心中满是迎新的喜悦、期盼和憧憬，年的气息也渐渐弥漫于西府乡间。

跟年集置办年货，是西府人过年重要的准备工作。

计划经济时代，商品短缺，跟年集置年货要讲抢占先机，提早下手。市场经济的现在，年集也发生了巨大变化。

腊八过后，年市大开，一街两行的商品琳琅满目，货美量足，令人目不暇接。如今，跟年集讲究细细看、慢慢比，审视价格、审视质量，发现新点、亮点和令自己耳目一新的兴奋点。挑剔归挑剔，遇到价格适宜、质量满意的货品，纯朴的西府人便会掏出装在口袋深处的辛苦钱。

年轻人大多外出工作或打工谋生，腊月二十三祭灶前，乡村集市上置办年货的以老年人居多。老人们想着即将归来的家人，想着过年亲朋聚首，买一对红彤彤的灯笼让心情更舒畅。他们逢集必跟，精心挑选、精心置办，从不嫌累。置办最好、最齐备的年货，让儿女在过年的几天能尽情感受家的温馨、家的味道，是老人们最大的心愿。

等着儿女回家的三伯对三伯母说："娃们平时路远回不来，回来了要让娃们吃好。"三伯母笑道："娃们要回来，看把你高兴的！"脸上春暖花开，写满骄傲与喜悦。

其实三伯母早在夏天就已将儿子、女儿的被褥拿出去晒了三天，又小心地叠好，数着月份盼着孩子们回家。远在广东工作的儿子和在重庆读书的女儿一年也就见那么一两次面。这不，三伯每集必跟，继续丰富着家里的年货，三伯母则在家"扫舍"。几天下来，家里窗明几净，整整齐齐，两个孩子的房间干净而温馨。有儿女在心上，他们心头暖暖的；更高兴的，是儿子要带女朋友回家过年，三伯跟集更是精挑细选，唯恐慢待了未来的儿媳。

临近年关，集市上的人越来越多，有一大家子说说笑笑赶集的，有小两口亲亲热热置办年货的，爷爷手拖孙子、妈妈怀抱孩子……人们心中浸润的是生活的甜蜜。年集上人流如织，乡亲相遇互相问候，笑声荡漾在集市上空。

置办年货，请神像、买春联，一样也不能少。西府人实在，门神、土地神、仓神、财神样样都请，心里祈盼着家兴、地祥、粮满仓；就连家中的压面机，也要用红纸金字写上"坚固耐用"，以示对其一年来辛苦的问候和赞扬。你若感到奇怪，周秦文化濡染、勤劳朴实的西府人会语出惊人："家具也有灵性呢！"

大年三十，家人齐聚，年货齐备，但在西府却一直延续着"年三十跑集"的风俗，就是年三十早上大约八点开市，到上午十点多就匆匆结束，方便人们购物。听老辈人说，"跑集"还有感人的文化背景：从前，生意人一般到腊月二十八九就歇业过年了，有一年一位善良细心的商人发现，有的穷苦人因一时手头不方便而没有置办或没法置办年货，于是就延长了半晌经营时间。这半晌时间，许多商品降价出售，穷苦人知晓后纷纷抢购，后来，这位商人的善行渐渐被仿效，就形成了西府代代流传的"跑集"风俗。

现在，老人们有事没事，依然喜欢"跑集"，图的是传统习俗的温馨和喜庆，跟完集便急急赶回家，一家人忙着贴春联、请先人。一切就绪，便燃放一串响亮的鞭炮，一时间，乡村新年的气息就在这"噼里啪啦"的欢庆声中扑面而来。人们在满满的期待中恭候着除夕夜、等待着那桌所有人都会奔赴的年夜饭、等待着新的一年到来……

眉县"嘉惠青年"匾逸事

眉县齐镇中学阅览室中，保存着一块民国27年（1938年）的牌匾。牌匾长近两米，宽近一米，上面刻有"嘉惠青年"四个娟秀清雅的行楷大字，题款"眉县县政府奖给热心教育乘六王老先生嘉赠"，落款为"县长麻百年题写　中华民国二十七年一月吉日"，牌匾近上边沿正中处有篆刻"眉县县政府印"一方。

探究牌匾文字背后那段已近80年的往事，让我们不禁对王乘六先生的善行义举肃然起敬。

王乘六，光绪十年（1884年）生于山西稷山县。1921年，他随乡人来到当时已很繁华、拥有商号百余家、有"出山码头""关西贸易重镇"之称的齐家镇（今眉县齐镇）谋生。经乡人介绍，他在山西同乡的铁铺当学徒。

王乘六心地善良、朴实勤劳、善于观察，加之在家乡做学徒的历练，他办事条理分明，行事果断，富有善心，不仅得到顾客的喜爱，更得到掌柜的信任和培养。

几年后，掌柜举家回晋，遂将铁铺转给王乘六。王乘六改铁铺字号为"敬信元"，以示自己一如既往地敬重顾客、诚信经营的理念。

王乘六善待顾客，铁锨镢头，急用之时，赊账相助；镰刀斧头，穷者来购，差费分厘，慷慨而济……铁铺得到了众人的良好口碑，生意日益兴隆。有了实力，王乘六不忘自己的经营理念，敬重同行，帮扶困难。

一次，一个十五六岁的小乞丐偷来别人家的铁器家具到"敬信元"当废铁来换钱，王乘六发现后，得知小乞丐已两天没有吃饱饭，就差人买来包子让他吃，然后和善地批评他不该拿别人的东西，给他讲做人的道理。小乞丐感激王乘六对自己的信任、关心和教育，发誓不再偷拿别人东西，并把偷拿的东西还给了失主。

心怀敬畏的经营、心存善念的为人，深得顾客和同行们的敬重，王乘六在坊间声誉越来越高。但他心中始终有一个缺憾，那就是自己识字太少。他羡慕读书人出口成章说理清晰，他羡慕读书人执笔而书龙飞凤舞，他更羡慕读书人传播道理培育人才为国效力！

1935年，绅士郭梦九、程阁卿、田佩芝等倡议组建了齐家寨国民小学，开启了齐镇地区的现代教育。建校之初，随着学生数量逐年增加，学校历经斗行会馆、药王庙、火神庙等处办学，几易校址，简陋就教。

1937年，学生人数大幅增加，校舍不足成了大问题。王乘六了解到这个情况后，通过眉县商会（时驻齐镇北街）积极呼吁，并带头捐款，还以自己的声望大力宣传办学好处，最后共募集到2600块大洋。他们用这些资金，给当时的齐镇国民小学（火神庙内，即今齐镇中学址）修缮教室，修建了一座长30米、宽9米，共10间的大礼堂，平时做教室，还可以演出、集会，可容纳400人；铺设了街道通向学校的道路，极大地改善了当时的办学条件。眉县商会将齐镇商界这一善举呈告县政府，县长麻百年被王乘六等的义举所感动，遂于1938年1月亲书"嘉惠青年"四字，以县政府名义制匾嘉赠王乘六先生，以褒颂其助学义举与向学善行。这便是"嘉惠青年"牌匾的来由。

王乘六先生曾在1944年至1947年间被商户公推担任眉县商会会

长、眉县县政府参议员。老人1964年离世，享年80岁。他一生光明大度、坦荡大义，是那个时代眉县资助办学的代表人物之一。

岁月匆匆，一路前行，而那些急公好义者的善举却如暗夜中划过的星光，刻画在人们心上，照亮了历史前行之路，造福着后来的人，也鼓舞和激励着后人。

如今，经过几代人的努力，昔日的火神庙址上，已是书声琅琅的中学校园。人们没有忘记那段创建之初的艰难和仁者的风采，将这块牌匾珍重地悬挂在宽敞明亮的阅览室中。人们在读书、学习时，抬眼一望，便可见这凝聚了贤能仁者期望的见证，触摸到他们内心的祈愿。

每每见到这块牌匾，想起这段往事，心灵深处，总会有一股暖暖的东西弥漫开来；也总会听到一种声音，那是历史向前的脚步声，是花儿绽开的声音……

罗局镇记忆

岐山罗局镇，享誉扶、眉、岐，是一个"鸡鸣闻三县"的地方。它南接眉县、东连扶风，历史悠久；虽称为镇，但并不是现代意义上的辖数十乡村的镇。

罗局，如今是枣林镇下辖的一个村，有东、南、西、北街等几个村民小组；以人口、面积来说，远不够现代镇的条件，也不是枣林镇政府所在地。一个普通乡村，能以"镇"名，足见其不一般。

"罗局镇"一名最早见于明正德十六年（1521年）的《凤翔府志》，其中《市镇》部分记载："罗局镇，县（岐山）东南三十里，双日市。"也就是说在约500年前，罗局镇集市就已成形制，并沿制至今。

关于罗局镇的名称来历，未见史志有任何记载。依据一些蛛丝马迹推测，最少在五六百年前，有位罗姓商人在今罗局之地经商，或因经营最早，或因颇具口碑，人们说到这家店铺，皆称"罗局"，渐渐地，"罗局"便成了这个地方、这方集市的代称。

宋代高承所著《事物纪原》中则记："民聚不成县而有税课者，则为镇，或以官监之。"以此推测，罗局称镇的时间，有可能在宋代。如此算来，罗局镇历史已有千年左右。

不管怎么说，罗局镇确实是一个贸易不断发展的集市。1941

年《陕西银行汇刊》载，岐山县罗局镇有商户 21 家，由此可见，当时它在县域、县际的经贸地位。

记得小时候，集日父母领我们去罗局街道，有时拿着糖票、布票或肥皂票等去罗局那家百货公司买限量的生活用品，有时跟着父亲去猪市买猪娃。猪市上，人头攒动，猪叫阵阵，一派热闹景象。

买猪娃时，那个叫作经纪人的中间人，常常一会儿和买主在衣襟下捏手指会意出价，一会儿又和卖方在衣襟下如此捏价，我们称为"捏猪娃"。西府人面子薄，以农为荣，不尚买卖，不好当面说价，凭着经纪人在中间撮合，双方不直接面对面说价。

那时罗局街道只有一家副食公司食堂，老远都可闻到里面的面皮、臊子面、甜米蒸糕的香味。在那个缺吃少穿的年代，我极羡慕能坐在里面吃一次的那些人。

最有意思的是西街涝池西北方向城壕里的窑厂。窑厂的人用一个木框，一次可倒出八九个砖坯，放在有沙子的平地上晒，快干时便一排排码成极为整齐的砖摞子，像一面面墙一样。砖摞的夹行里是小孩子捉迷藏的好地方。过一段时间，一摞摞的土色砖坯变成了青色的砖摞。父亲告诉我，那是已出了窑的砖，可用来建屋盖房。当时我就想，啥时能把家里土墙土地的房子换成青砖瓦房，就不再受老鼠在土墙上乱打洞、偷吃粮食的滋扰了。

窑厂里制作瓦缸、瓦罐、瓦盆的地方常让我流连忘返。制作者拿一团和好的泥，放在一个转盘上，时而快速转动，双手蘸水捏泥，瞬间，泥在手中长高、长胖，有时长成一个桶状的大瓦缸；有时慢慢转动，两手精巧施力，不一会儿，就变成一个有耳有形的小瓦罐；有时，看似随意要泥，却成了一个脸盆大小的瓦盆……后来窑厂停了，那条城壕也好像被填平了。如今，到了罗局，除那个已快干枯的大涝池还可定标当时的位置外，那窑厂、那飘着香味的国营食堂及百货公司都已失其芳踪了，让寻访者顿有站在光阴之川，看逝者如斯的感觉和时光泛黄的沧桑。

罗局镇历史上还发生了一件大事，那就是它曾是扶眉战役的主战场。爷爷曾告诉我，扶眉战役时，正是秋玉米长到一人高的时节，双方死伤都不少。他说："那机枪厉害得很，横着扫过去，满地一人高的玉米秆就拦腰断了！"爷爷还说："人一生千万不要碰着打仗，大片死人。不碰着，就算吃糠咽菜都是福！"爷爷说这话时，望着前方，口中的烟一团一团飘向空中，烟锅中火星一闪一闪，似乎那些人、那些事就在眼前一样。

罗局还有古会，在每年农历十月二十八。记忆中，罗局古会人多拥挤，有许多好吃的，油糕、麻花，特别是街上羊肉泡摊上那"香飘三县"的浓香味，曾让我有心向往之而不得的遗憾。父母养育我们兄弟几个，虽拼命干活，可家中经济总是捉襟见肘。青黄不接时，拿着粮袋跟着父亲去借粮，我能感到自己的心在默默流泪。

罗局的芯子社火惊险、玄妙、优美、清丽。记忆中，罗局社火好像只演过一回。其惊险在于在外表看来无任何支架的情况下，人的手指上可站一个人游演两个多小时。记得有个造型是一个古装小演员站在另外一个演员伸直胳膊的手上，一直坚持到完成游演，让人叹为观止。爷爷说，罗局社火一般不出城，除非天大旱。社火在城内游演是祈求平安年丰，出了城就是祈求降雨。

罗局镇有个罗局中学，那是我初中苦读三年的地方。如今走近它，已全然不识，那座见证着就寺为学的庙里的大殿不知还在不在，满眼看到的是高高的楼房代替了昔日土木结构的平房，明亮的玻璃代替了昔日冬天窗子上呼啦啦与风战斗着的塑料纸……一切，变得陌生而又现代。衷心祝愿母校一天更比一天好。

世事沧桑，历史前行，不舍昼夜。秦时明月依然照，汉时关阙几相留。回顾历史，心中满是温馨与亲切，因为那是曾经随行的经历；举目远眺，那是我们前行的方向！

三国古战场葫芦峪逸事

在陕西省宝鸡市眉县城西四公里处渭河南岸边，有一道南北向深谷，南北长一公里多，东西宽在30—50米，因言其形状如葫芦，故名"葫芦谷""葫芦峪"，近旁村落因谷而名，叫作"葫芦峪村"。

村里78岁的汶老先生，如果闲来无事，常常会在天气晴好时节，沿着沟边走一走，看看自己熟悉的沟壑、矗立的峭壁，远远瞧瞧沟底那一条清泉细流，回味自小就融于心中的那场近1800年前的浓烟猛火、雷云雨泼的故事，感叹那场智慧的饱满和机遇的突然。

如果见到来寻访参观者，老人会不厌其烦指着他熟悉的屯兵洞、放火洞等遗址，讲那伴随着自己数十年的"三国"故事。

三国时，诸葛亮多次兵出祁山，以图进取中原、光复汉室，但多因长途行军、给养难供而收兵汉中，只能远隔重重秦岭扼腕感叹。

据史书《三国志》记载：建兴十一年（233年）冬季，诸葛亮吸取前几次无功而返的教训，指令"诸军运米，集于斜谷口，治斜谷邸阁（大型储粮仓库）"，以备来年春季出兵关中，问鼎长安。建兴十二年（234年）春二月，"亮悉大众由斜谷出，据武功五丈原，与司马宣王（司马懿）对于渭南"。足智多谋的司马懿深知诸葛亮远道用兵，后勤给养的艰难，于是用"拖"的消耗战术，统领

40万大军隔渭水与诸葛亮40万大军相望，安营拒战。

据传，诸葛亮为向司马懿显示此次出战的实力，命将军高翔在驻地（今眉县第五村地，有高翔城之称）南北垒土为堆，草苫席护，伪作粮堆，迷惑司马懿。这些大土堆，后人称"晒粮冢"。据汶老先生说，那些"晒粮冢"在20世纪平整土地时，才渐被平为地。

一次，诸葛亮沿渭水踏勘地理，"来到一谷，见其形如葫芦，内可容千人。两山有谷，可容四五百人；背后两山环抱，只可通一人一骑"。遂问向导，答曰："此名上方谷，又号葫芦峪。"诸葛亮心中一喜，暗暗定计欲灭司马懿。

于是诸葛亮一方面命令沿山驻军开荒种地，开出了大片稻田；一方面大张旗鼓地整修"运粮道"，以木牛流马运"粮"抵谷中囤储，一派粮足兵强，誓与曹魏决一死战的气势。这极大地震动了曹魏司马懿军。等着蜀军自然消耗、渐致粮缺饥疲之后卷起铺盖逃回汉中的司马懿开始坐立不安，日夜难寝，于是急派人刺探。探子回报：晾开的粮堆上鸟儿群群欢叫、啄食不停，蜀国士兵竟也熟视无睹。司马懿凭着老经验立即判断：蜀国粮丰仓实！看来，不能只靠等了，要行动！

于是，司马懿大部人马，直袭五丈原后的诸葛大营"豁落城"，击打蜀军要害。

豁落城激战打响，司马懿见蜀军大部向其大营聚拢，便亲率两子带精锐直奔葫芦峪而来；刚近谷口，便受到蜀军大将魏延阻拦。战不及三合，魏延败走，退入谷中。司马懿见状，在谷口派兵入内打探，回报说"谷内无兵，深处皆草房，疑为粮仓"。

司马懿于是对部众说："这必然是存放粮食的地方！"即驱人马尽入谷中。刚接近草房时，只听山谷两岸喊声震天，火把如雨点般地飞落下来，顿时火光一片，魏兵阵脚大乱。此时，谷口也被大火封住了出路，魏兵奔逃无路。山谷两侧箭如飞蝗而下，葫芦峪内惨叫一片。

司马父子见此情景，手足无措，只好抱头痛哭，叹道："我父子三人皆死于此处矣！"正在此时，忽见狂风大作，黑云漫空，电闪雷鸣，瞬间大雨倾盆，满谷大火瞬时熄灭，司马父子见状飞身上马，带领残兵杀出山谷。站在谷口东侧高处观看战事的诸葛亮见状，望着满天乌云，仰天长叹："谋事在人，成事在天！"

这段故事便是不见史籍而被《三国演义》第一百零三回精彩描述的"火烧葫芦峪"。也不知是史实成就了故事的精彩，还是精彩的故事丰富了史实的内涵。

听着汶老先生精彩的故事，远看老人指点过的那一处处被称作运粮道、放火洞、魏延洞、屯兵洞、观火台的遗迹，看着老人从石堆中随意捡起的据说是当年烟熏火燎的墨黑、黄色的石头，似乎能感受到当年谷中的热浪，耳边也仿佛响起了喊声、杀声、风声、雨声，还有司马父子远去的马蹄声……

历史把许多的缺憾留给后人，也把历史的美丽留给后人，让人们去品味、去再认识，让人们体味历史的脚步、智慧和魅力。

历史细碎的脚步，成了《三国志》中的片言只语，却成就了《三国演义》中的一段精彩的章节。也成就了民间的千古传唱，代代不忘。

回顾历史，正是"青山依旧在，几度夕阳红"，诸葛亮也好、司马懿也罢，他们的理想、执着、智慧，总在历史前行中熠熠闪烁，成为历史永久的记忆。

侧耳闻谷有清音，那是随风飘来的歌谣……

眉县《程子言箴》碑的故事

在眉县城关中学新教学楼后的花园边，有一座碑台，碑台上安置着一通汉白玉的石碑。

这通汉白玉碑宽1.5米，高0.82米，碑额有"宸翰"二字（意思是"皇帝之文"）。碑面四边阴刻盘龙及云朵图案，碑面刻有程颐《程子言箴》原文56字，注文304字。

这通碑是城关中学在2003年为建师生餐厅挖整地基时出土发现的。当时施工队看上它表面的平整，准备用它打房檐台。后有人认为这块碑通体为汉白玉材质，比较少见；另外形制为横向石碑，也不多见，于是建议保存。有位语文老师辨认文字后说是一段对程子文字的注解。随即学校领导决定对其进行保护，于是建台展立，直到现在，已在风雨中矗立了十多年的时间。

那么，这到底是一通怎样的碑石呢？

从碑上的文字来看，言箴原文为北宋名儒程颐所作。曾当过皇帝老师的程颐，知识渊博，他根据孔子的"非礼勿言、非礼勿听、非礼勿视、非礼勿动"而作四箴。箴为古时一种文体，为劝告、劝戒的意思，程子四箴为视箴、听箴、言箴、行箴四个方面，劝诫人们远视、善听、谨言、慎行。

到了明嘉靖年间，嘉靖皇帝听经筵讲官翟銮等进讲"程子四箴"，颇有感触。在他就位皇帝6年后，便亲自对宋代程学四箴"言、听、视、动"作注，然后以统一格式：前为箴言，紧随其后则为皇帝的注解文字。每箴一碑，共四碑为一套，颁行天下并立石于全国各地学宫（指地方官办学校），作为当时学校教育的方针和目标。

所以，与《程子言箴》碑一套应有"言箴""听箴""视箴""动箴"等四块碑石。据记载，言箴碑原文56字，勅注304字；听箴碑原文32字，勅注416字；视箴碑原文40字，勅注254字；动箴碑原文40字，勅注389字。

因为是嘉靖皇帝亲自作注并统一格式颁行天下，故碑额有"宸翰"二字，碑面四周有盘龙舞动、云朵飘逸的图案。

眉县城关中学《程子言箴》虽不见日期，但可以肯定此碑当为这一时期，即1528年左右的遗物。

嘉靖虽对程子四箴作注并颁行天下，但由于朝代更替、战乱等原因真正能够完整保存下来的却并不多见。

虽然我们只见到一方"言箴碑"，但能据此结合记载知道，在近500年前的嘉靖时期，眉县地方政府设立的"学宫"（即学校）就在现城关中学学生餐厅附近。以原文庙址在"言箴碑"发现地以南来看，这块碑石以实物证实了史籍记载的西北地区"学宫"与孔庙"前庙后学"的庙学建筑布局和风格。

就"四箴碑"作用而言，碑文虽为封建道德说教，但其在当时充当了"教育方针"和"教育目标"的角色。而且，就其内容而言，注重气节、重视品德、讲求修养、发奋立志等内容，对今天的学校教育仍具有重要的借鉴意义，尤其是"闲邪存诚"（要预防邪恶，保存自己的诚心）、"习与性成"（形成良好的习惯和性格）等做人行为准则，对今天的社会精神文明建设和青少年道德修养教育，都具有一定的现实意义。

如今，古碑站立在城关中学院内，每天伴随朝阳同着师生们的朗朗书声开始一天的时光。他静静地立在院中，用将近500年的沧桑之眼看着一拨又一拨的学生们向文而来，又看着他们一拨一拨怀揣理想离开这里，他定会有许多的感触感慨……

眉县铁炉庵古事

在眉县齐镇官亭村，有一个自然村叫铁炉庵。

关于铁炉庵村名的来历，人们已经不得其详。借助于史册中的只言片语，我们得以窥见铁炉庵的往事。

清乾隆《眉县志》告诉我们："宋铁冶务。今县南十五里有铁炉庵，铁冶务故址。"这条记载就非常明确地告诉了我们：宋时铁冶务之址，即为铁炉庵之地。可见清乾隆时，宋铁冶务故址之地名为铁炉庵。

那么，在宋代"铁冶务"是什么？经查，在宋代，"铁冶务"是一个官方设立的管理冶炼铁的机构。

成书于1080年的北宋地理总志《元丰九域志》中有"眉，府（凤翔）东南一百里。五乡。虢川、斜谷、清湫、横渠四镇。铁冶一务。有太白山、渭水"之记。这是志书记述眉县有"铁冶务"的最早记载。

编纂于洪武三年（1370年）、成书于天顺五年（1461年）、明英宗亲自作序并赐书名的明代官修地理总志《大明一统志》则记载："眉县出铁，宋时有铁冶务。"

这些片言只语的史志记载都告诉我们：眉县出产铁，而且距今930多年前（从最早有文字记载的1080年算起）就已经规模不小，在眉县有一个管理冶炼铁的机构，叫"铁冶务"。

通过这些记载，我们推断：铁炉庵之名，当与炼铁炉有关。

从清乾隆《眉县志》称为"铁冶务故址"的"故址"两字推测，此志成书之时，铁炉庵炼铁炉或已停废。

但是明刘九经著《眉志》中"嘉靖四年秋，乾州狂人樊伸、杨朴作乱攻州城，不克，乃济渭，寄妻孥于县南铁炉庵寨，潜结矿场……贼居铁炉庵五六日"的记载则告诉我们：当时铁炉庵或仍有冶铁活动，因为有"矿场"依然存在。

依据史料我们不难得出结论：眉县铁炉庵的铁冶业兴盛于北宋，最晚不晚于1080年；而炉歇火灭，最早不早于明嘉靖四年（1525年）。最保守的估算，眉县铁炉庵的铁冶炉火熊熊映空的时间应不少于500年！

通过史籍记载我们可大体了解铁炉庵的古事。

宋代是中国古代私有制经济迅速发展的时期，是中国历史上商品经济较为发达的社会，也是我国古代冶铁的一个新的发展期。当时，冶炼技术有了很大进步。据全国已发现的多处宋代冶炼遗址发掘来看，当时已普遍使用煤做燃料。冶铁炉的鼓风设备已用带活门的木扇风箱取代了皮囊鼓风。风箱体积可以造得很大，为进一步提高炉温和铁的质量创造了条件。

据苏轼曾记，用煤"冶铁作兵（器）、犀利胜常"。宋时冶铁业得到了很好的发展，元丰年间宋全国产铁550万斤，仁宗皇佑年间产铁达到724万斤。

唐朝时，设有管理盐铁事务的管理部门"盐铁司"，还未设管理铁冶事务的专门机构。由于铁冶兴盛，到北宋设置了一整套管理机构。根据各地矿冶业的规模大小，通过设监、冶、务、场进行管理。重要矿区或冶铸中心设"监"和"务"。"监"是主监官驻地；"务"是矿冶管理机构。据史载，北宋时全国铁冶有四监、十二冶、二十务、二十五场。眉县铁冶务即为北宋二十务之一，当时眉县"铁冶务"规模由此可窥见一斑。

从全国现遗址发掘来看，古时冶铁炉的建筑方法是依黄土断崖往下切挖，削成半圆形，再用石块垒砌内壁而成。考古挖掘资料也显示，古时铁冶驻地都有冶铁业的行业神祭祀场所：庵庙。

综合考古挖掘资料来看，铁炉庵之名当来自于铁冶务的标志性建筑：冶铁炉及行业神祭祀庵庙。

可以想见，铁炉庵在其辉煌时期，冶炉成排，炉火成片，红光映天，夜如白昼；送矿之车，车水马龙；运铁之马，马嘶人欢！人马往来，络绎不绝；南逾褒斜，通与巴蜀；北到陇甘，济于边地；东直汴京，充于闹市。眉县铁炉庵曾在北宋以致元、明的星空里是一颗耀眼的明星！

史载宋有"凤翔斜谷造船务"即在铁冶务不远处，当时年造船达600艘，想来如此量的造船产量需要的船钉构件自不会少。铁炉庵铁冶务或充当了造船务的配套 "企业"，想来那也是锤声叮当，昼夜不停，铁钉构件供于船务。繁华的这片土地在大宋的夜空中熠熠光亮……

930多年过去了，如今的铁炉庵已无丝毫当年铁冶务的痕迹，这片美丽的土地已被称为"奇异果""金蛋蛋"的猕猴桃的喜悦所掩映。

930多年过去了，这片神奇的土地依然生机勃勃，像村南那棵980岁、曾见证了这场璀璨夺目的大宋夜景的古槐树一样，根深叶茂，苍翠如碧！

乡 xiang

间 jian

风 feng

语 yu

打碗花

打碗花在关中各处是随意可见的一种花。

打碗花也是极普通的一种花，不用浇水、不用施肥、不用防虫、不用精心养护，自自然然地生长、自自然然地开花。崖畔上、大路边、野地里、闲田中，到处有它们靓丽的身影。

打碗花的名字有好多，入乡随口，叫来亲切。有的地方叫打碗碗花，也有的地方叫狗儿蔓，还有叫喇叭花的，名字通俗，亲切形象，顺口易记。

从小，父母乡亲教给我们那花的名字叫"打碗花"。很小的时候就被告知"别去摘打碗花玩，要不吃饭就会打了碗"。长者们说的认真，小孩们也就信以为真。

记得小时候有天中午，攥了一大把"打碗花"的虎子，也不知怎么就把正吃饭的瓷碗跌落在地上打破了。虎子被心痛不已的妈妈好一顿教训，哭叫声两邻皆闻。在那个时代，就那个瓷碗，是虎子妈下了好几回决心，才用一碗小麦换一个碗的价格换得的，摔碎了，她真的心痛。

后来，随着年岁的增长，我们知道：在拔的猪草中，打碗花是猪最爱吃的。野地里长得多、采拔起来快，半晌就是一大藫笼。我们采了，似乎也没见谁就真的打碎了家里的碗。

我想，之所以有采打碗花就打碗的说法，可能是因为这片贫瘠而美丽的黄土地上善良的人们为了保护它不被无为地糟蹋，吓唬小孩的吧。

　　打碗花朴实、顽强。你看与不看，它都在那里怒放；你赏与不赏，它都会在那里艳丽。

　　打碗花从不挑剔生长的环境。沙地路畔、崖顶荒地，都可以是它的安身地。它与清风共舞、与蓝天相伴，它享受蒙蒙细雨的滋润，也享受暴雨狂风的挑战。

　　在我的印象中，打碗花的花期是最长的。从阳历的四月到十月初都可以见到那美丽的绽放，田塄、野荒地、崖畔，一天一天、一月一月，美丽着田塄崖畔，美丽着荒地角落，美丽着黄土大地。

　　对于打碗花，每一天都是新的，每一天都在努力。昨天还在被杂草淹没，今天却已攀树一截，嫩绿嫩绿的生机努力地向上攀爬着。

　　它向上、它努力，它爱这一片黄土地，它热爱太阳的光亮。蔓攀高处，不断地向上、向上，从春天到夏天到秋天，努力不辍，花开艳艳。

　　喇叭样的花高昂向空，像是歌唱，歌唱如自己一样生长在黄土地上的平凡的生命，歌唱黄土地上可爱、善良、淳朴的父老乡亲！

大土堆的记忆

记得小时候，南北村子间有一个大土堆。

当时家家是垒土围墙的院落，土木建成的平房。所以，占地两三亩地、高有五米多的大土堆在村中就显得特别地高大。

大土堆是村民们一架子车一架子车从村子西的土壕里拉来堆起的。拉土堆储，是当时生产队里的一项重要活计。

大土堆储备的土，是为了饲养室和牛圈垫粪用的。那时，在涝池西岸边的饲养室里，生产队里养了二三十头牛。饲养室里的牛槽边，就是这些大牛小犊的家，它们喝着涝池里的水、咀嚼着大院子里铡来的麦草节，就在那里吃喝拉撒。饲养室的南边、大土堆的北边，是一个大似小操场的牛圈。圈地里栽了半截的木桩。晴天，这些牛儿如果暂时没活，草饱料足之后，就会被饲养员牵出饲养室，拴在这个圈场里或站或卧，晒晒太阳、吹吹风，甩着尾巴与飞来飞去的大牛蚊做着游戏；或是瞪着大大的眼睛东张西望，摇头摆尾；或是冷不丁地伸长脖子仰天哞叫，悠闲自在。

而不论是饲养室里还是圈场里，牛的拉撒之物就由饲养员及时清理，集中用土掩埋，等堆到一定时间，就是土肥；等堆到了一定量，就由队长安排，再一车一车用架子车拉到地里，撒开。所以，大土堆上的土那可是肥料的基本原材料！对于一个村庄来说，肥料关乎着丰收，举足轻重。日子，在大土堆的消长间一天天走过。每遇忙闲时间，村里的一项重要工作就是：拉土、攒土！

土堆堆得大，就是牛畜满圈，也就是心里满满丰收的期望！

而这承载着村庄期望的大土堆却是我们儿时的乐园。

从涝池边的柳树上折下带着绿叶的柳条，照着战斗电影里的样子，编成圆形的伪装帽，把人分成两队：一队在大土堆上面守，阵地前，像摆手榴弹一样，摆上一溜大大小小的土坷垃准备防守；一队从站不起人的斜坡上手脚并用向上攻，一边向上爬，一边从口袋里摸出小土块攻击上面。有时玩疯了，求胜心切，于是就腾空了上边写着"红军不怕远征难"的书包，装满攻防用的小土块背在身上，勇敢而威武，或从下往上勇猛冲击，或是奋不顾身从上向下防守。双方争夺地异常激烈，常常惹得过路的大人们也为这些孩子们的勇敢叫好。那些动作利洒、敢冲敢上、力搏几人的，往往就成了孩子头，被众人信赖和拥护。

在激烈的攻防中，难免头上被土块击中起包，回到家里，家长问起，一句"耍去来"会让家长放下了心不再询问。特爱孩子的家长大不了忙揽过来，手覆在肿胞上拖着爱意的腔调，念念有词"研——研——疙瘩散！"几遍之后，似乎疙瘩真的已平、疼痛也顿然不再，如此而已。回到家里的孩子，一身的土，满头的汗，往往会被母亲抓着胳膊拉出屋子用围裙一阵猛拍，好收拾掉身上沾满的尘土。

那时的我们，就这样在与土坷垃的打交道中一天天长大，认识着勇敢、认识着团队，知道了什么是男子汉、什么是有骨气，知道头上偶尔起个包那是"耍"应付的代价；知道了一往无前、不要认输，认输了就是俘虏的信条；知道了口不言苦、伤不言痛的坚毅……

夏天的土堆最有意思，或在大土堆顶的平台上围聚一堆听那个一肚子故事的老爷爷讲赵子龙怀抱阿斗七进七出、英勇无比；或者依偎在婆的身边，一边数着天上的星星、一边听她老人家讲"远往年"（即过去的意思）的长长短短，或是听那已听了无数遍而又百听不厌的"黑毛猩猩吃萝卜"的故事；或者沿了大土堆上那一道道溜渠滑溜溜坡，弄得满身是土，被婆笑着称作"土贼"……

就这样，一年又一年，在土堆的瘦了又胖、胖了又瘦中，从不知有别的小姑娘、野小子一个个渐渐地长成了漂亮的大姑娘、英俊的壮小伙。

村里有姑娘出嫁了，高高的土堆上站满了送别的老老少少，在鞭炮声中夸赞着姑娘昔日的聪明、乖巧与伶俐，祝福着姑娘的未来；有小伙娶媳，站在土堆上看热闹的人们会满脸喜庆地开着小伙的玩笑道："你这么哈（坏的意思，含亲昵意），怎么就娶了这么乖巧的媳妇？！"直说得新郎扬眉吐气，直说得新娘心里无比的自豪。这就是大土堆边的朴实的乡亲们！他们朴实的如同地里的庄稼，满心诚意，淳朴厚实！

后来，分产到户了，那些大眼睛的、有时流着两行泪的牛儿也不知都去了哪里。没了牛哞的村子似乎缺了许多的东西，让人心里总是没着没落的。饲养室、大土堆慢慢也被一家一户的宅基地淹没。到现在，许多痕迹已是了无踪迹可寻了，只有悠悠的记忆在心中。

没了大土堆的村子，少了孩童的欢闹，少了可以疯野的"战场"，少了小儿们撒野的场所，村子里也就少了那一个个"土贼"的勇猛和无畏……

涝池记忆

杨家庄的涝池不算大，处在南庄与北庄之间。

因为有了这方池塘，村子也就有了灵性与灵动。这方池塘也从我记事起就一直驻藏在心中。

涝池呈不规则的圆形，四周的岸坡环绕着粗壮的垂柳。因为水的关系，柳树几乎全部斜向水面。柳枝自然地垂下，长得直垂到水面上；岸边高大的洋槐树上，老鹳用干树枝搭建在高处树杈的窝让我们一直有去参观一番的想法。

清风习来，柳枝摇摆起舞，水面一阵波光粼粼，树上老鹳来来去去，饲养室中牛哞声声，那种风光，那种景致，直让人着迷在心。

春天来临，先是绿了岸边的垂柳，一天一个颜色，一点新绿，一片鹅黄，接着只是满眼的绿枝婆娑。于是大孩子、小孩子，便随意地折下一截树枝。一会儿工夫，柳枝皮做的柳哨就嘀嘀呜呜地吹起来了。先是一个、两个，后来，孩子们聚成了一堆，哨声便成了一片，满村的柳哨声，吹着吹着天气似乎就被他们吹得越来越暖和。

有时，你不服我，我不服你，都想炫耀自己的柳哨好，一时间，小孩们一个个吹得面涨脸红，一片柳哨声，高的、低的、深沉的、曼妙的声音弥漫在村庄的上空。有时，大人们受了感染，便也会折来一枝粗柳，随手拧出一管柳哨，呜呜啦啦地吹起来。只听得那爬挂在柳枝上的蜻蜓乐不可支，飞飞停停，翩翩起舞；柳枝垂在水面，也听得在微风中偷偷地乐，有时随风起舞，乐得逍遥；有时安安静静，静听着这乡村的美音。

池塘最热闹的季节是夏天。一入夏，经常会有赤裸小屁股的孩子们不顾大人们的禁止，折几枝柳条，做个伪装帽戴在头上，在水中游来划去。家长找来时，便急急游到垂下的柳枝密处躲起，被发现了，便免不了玩起猫捉老鼠的游戏。被抓住了，小屁股上便少不了挨几巴掌，口中还得答应下不为例。但真的到了下次，昔日的答应也就都抛在脑后很远很远了。一个个放纵了心情，在水中扑腾起来，肆无忌惮地表演着，水花四溅，轻松畅快。童年的记忆里，有许许多多个夏天，如有机会，几乎都会去大涝池里扑腾一番。

有时比谁游得快，有时比谁憋气潜水的时间长，常常引来不少观众。有撺掇的，有做裁判的，还有瞎起哄的。那时的池塘，是孩子们的游乐场也是长本事的训练场。水性好的更好，不会游的会了，在这喧闹中前行成长。直至今日，也免不了常常记起昔日的往事。

进入秋季，天气转凉，雨也多了起来，村子里的水从各路涌向涝池中，淹没了岸边好一截的莎草，柳枝的一大截也浸没在了水中。这时的池塘犹如快满的一碗水，让人担心水随时会溢出来。可水从没溢出过。那时的池塘，感觉好大，犹如一片海，水黑沉沉的，水面也比平时大了很多。

到了冬天，特别是隆冬，水面结了冰，便有大胆的孩子试着慢慢走上去，开始小心翼翼，随后慢慢地溜滑起来，于是惹来一拨了，小心翼翼走上，随后便也哧溜哧溜地滑来滑去。有时冰有些薄乘不起人在上面溜滑，便就有人掰起一片冰，从岸上扔向冰面，只听"啪——哧——"的一声，一瞬间玉珠四散，余音绵绵，酣畅淋漓。当冰渐渐消融的时候，伙伴们都知道，春天不远了，那就意味着离吹柳哨、扎猛子、打膘水（游泳）这些欢快的时间已经越来越近了。

天气晴好的日子是池塘最热闹的日子。村里的大妈大姑小姨大姐们乘着晴好的天气，拿出换下的脏衣服，使劲地搓洗；换下的被面被里放在洗衣石上，用棒槌使劲地砸洗。在东家长短、西家喜乐的议论品味中，叽叽喳喳、闹闹嚷嚷。在搓搓衣服声中，麦草垛上、树枝上、门前系在树上的晾衣绳上五颜六色，谓为壮观。说够了、笑够了、搓搓够了，家里的衣被也就干净了。

　　记得有一年，生产队在池塘引种了水葫芦。这一下，水葫芦便迅速地主宰了水面，孩子们也发现了好多新事物：水葫芦上那长着两个小角的蜗牛、池塘里有了游来游去遇惊急窜的小鱼、鼓起下颚呱呱叫的青蛙……

　　涝池边的孩子们，认识了很多动物，黄牛、蜗牛、青蛙、蜻蜓……还有那许多的植物，蒲公英、车前草等，更有那叽叽喳喳、闹闹嚷嚷中东家长西家短中的善良与爱憎。涝池，是儿时的大学校，也是儿时的百科全书。

　　那一年，我心中委屈难过，没想到没念过一天书的奶奶对我说："你看咱村的涝池，多脏的衣服在里面都能洗干净，涝池的水依旧清亮亮的。人的心要大，要能装得下事！"猛然间醒悟，我感到在涝池边生活了一辈子的奶奶俨然是一位哲学家，是那样的睿智、那样的富于哲思。

　　儿时的涝池也似一位心里能装得下事的哲思的老人一样，承受着一切、喜乐着大家……

杨家庄的记忆

　　杨家庄是一个自然小村，在大多数的地图上找不到她的踪影，可她对于我，是不用记都会深深在心的，它就是生我养我的故土。

　　每每想起她，眼前似乎就有那那袅袅的炊烟，耳边似乎就有那声声的鸡鸣牛哞，就会想起昔日那孩童的嬉戏，这常常给我前行的力量和心灵深处的温暖与慰藉。

　　记得我小时候的村庄南北长、东西扁，村子中间有一个大涝池，涝池北岸边坐北朝南有一间小庙，庙东安置着碾盘。以涝池为界，以南称为"南头"，以北称为"北头"。

　　涝池的西岸隔了南北大路便是饲养室，全生产队的牛马就在这里饲养。饲养室北的六间大房是队里的仓库，收的粮食、生产工具全在那里边。饲养室后边是一个三四亩大、被土墙围起来的院子，人们都叫他"大院子"。大院子是垛麦草的地方，每年三四个大麦草垛子会被那些牛马吃得一干二净。院子东北靠墙处有几颗枸桃树，每到枸桃长得红艳艳的时候，就成了我们的美味。我们在垛子夹行捉迷藏，摘吃树上红艳艳的枸桃。疯玩起来，往往忘了吃饭、忘了睡觉。直到家人找来，才恋恋不舍地离开。

　　记得饲养室里有个大炕，冬天，烧炕烧的是队里的麦草，炕常常烧得特别热。于是人人们就特别爱聚在这"马房炕"上。那时没有电视，收音机都是稀罕物，全大队也没几个。电杆顶的大喇叭播的不是"红灯记"就是"智取威虎山"，许多人把唱词都能背下来。记得那时私下流传一种手抄本的侦探类小说叫"梅花党""梅花图"，马房炕上就是说书场，几个看过的人你说他补充，常常引得我们忘了吃放，甚至有时不回家睡觉，挤在马房炕上，在精彩的故事声中何时睡去都不知道。记得有一次，嘟嘟娃听得太入迷，穿在身上的棉裤被热炕烧了个洞也浑然不知。夏天，饲养室四面通风，也很凉快，铡好的喂牛的苜蓿散发着草味的清香，特别好闻。

大人们说着古今故事、家长里短，我们听着没味了，就在铡了的苜蓿堆上比赛翻更斗，或是到大院子的麦草垛间捉迷藏，或是背着大人们悄悄去涝池凫水。有时我们爬墙上树，上到高高的麦草垛子上面，看南面的大山，看天上的云不停变幻着模样，看空中的鸟儿匆匆飞过，还会郑重其事地讨论山那边到底是什么。因为上树、上麦草垛子，也常常免不了家长的斥责甚至更严厉的教训。

小时候，常听村中老辈人念念不忘地向我们念叨着一首歌谣："问我祖先何处来，山西洪洞大槐树。祖先故里叫什么，大槐树下老鸹窝。"那时虽不甚了解这首歌谣的意思，但也总听爷爷说："我们的老家在山西大槐树底下呢。"从那时起，我的心中便种下了一棵大大的槐树，槐树下面庇荫了一大群的人们，厦房草庵，炊烟飘荡；孩童欢声，歌谣飘飘；荷锄耕作，夕阳归来……

也曾经想着要追究杨庄的历史，但现在几乎没有多少实物的证据。记得在20世纪"破四旧"中，许多关于祖先踪迹和繁衍脉络的东西，被当作四旧，随着一把把刺鼻的火焰成为无可挽留的烟云。

后来学习了历史，知道了元朝末年，元政府对外连年用兵，百姓困苦，加之饥荒频仍，豪杰风起。作为连接川甘的战略要地关中西部，战乱不断，富饶之地也已是十室九空。明灭元后，为了巩固新政权和发展经济，从洪武初至永乐十五年的50余年间先后多次从相对安定、风调雨顺、人丁兴旺的山西组织大规模的强行移民。这也就是关中许多地方流传家住"山西大槐树"故事的根由。

遥想明朝移民时，在洪洞城北二华里的广济寺，殿宇巍峨，香客不绝。寺旁有一棵"树身数围，荫遮数亩"的汉槐，车马大道从树荫下通过。汾河滩上的老鹳在树上嘎嘎鸣叫，构窝筑巢。明朝政府在此设局驻员集中办理移民事务，大槐树下就成了移民聚散之地。

远听寒鸦聚噪，近看树下执手相别，抱肩痛惜，亲离情浓。博大的树荫掩不住生生离别的心痛。移民队伍中，一支杨姓族人一路西来，后沿渭河河谷西行，在今原下的渭河岸边那背依北塬之处择得一地，落脚居住。此地背依陡峭的渭北塬坡，南面渭河，更有官道东西通衢。向东遥望乡关，深深的思念总在心头。

许多年以后，大约在清乾隆初年，随着沿渭河河谷水足粮丰处居住人口的不断增加，有弟兄三人相约脱离塬下的杨氏村落，上到土厚缺水、靠天吃饭的塬上生活，另开天地。

他们掘池蓄水、凿井维生、篷庵为家。艰苦中，兄弟三人相互扶持亲如一家，渐繁衍壮大，成为村落。因全为杨氏后人，故称杨家庄。

在乾隆五十年（1785年），弟兄三人商议，添置了一件当时先进的大件家具——石碾盘，为了纪念这件事，在碾盘上刻上了"乾隆五十年三家置"的字样。这行流传至今的刻字，可以作为流传在老人们口中的"三兄弟成村"的有力证明，也让今天的人们可以读到那时人们发自内心的那种自豪和欢乐。我们可以想见，在这个至今已有200多年历史的碾盘上，多少的颗粒粮食碾粒为粉，养育着村庄的人们；在多少个明月夜，人们围坐在碾盘周围，看涝池边的柳枝随风飘舞，听着青蛙的欢歌，拉过多少家常，话过多少丰年，那话长如原下的悠悠渭水，一路向东，向东的远方有藏在心底的故乡！

涝池边上的莎草，一年一年，枯了又绿，绿了又枯，伴守着一年壮实过一年的池岸垂柳，坚守在清水一池的涝池边，见证着村落的朝辉夕照、缕缕炊烟。

每到夏季，光屁股的孩童们的欢歌唱响了村落的幸福，井口边石箍上深深的指头样宽、两指多深的磨痕，向人们诉说着村子的历史和人丁旺盛的喜悦。多少年了，辘轳咯吱，甜水入缸，滋育了一代又一代的杨氏后人，香甜在嘴里，也浓浓地喜悦在心底。

如今，每每想起生我养我的杨家庄，似乎就能闻到那苜蓿草的阵阵清香，碾盘、辘轳那咯吱咯吱的欢唱似乎就响在耳边……

一双新布鞋的故事

20世纪的70年代初期，渭河北塬上一个不大的村庄，村里20多户人家百十口人，几乎都是同一个姓。那时，我和虎娃、明明、旗娃等几个年龄相仿的小伙伴就生活在这个村庄，也都在三四里外的村小学读书。

村子里的人们像渭河北塬上的大部分地方的人们一样，依然过着靠天吃饭的日子，买东西得要票证：肥皂票、布票、糖票、油票、粮票……物资贫乏、缺吃少穿是那个时代农村的普遍现象。

那天早上，虎娃妈说是虎娃的生日，煮了鸡蛋给虎娃吃，还让虎娃换去脚上已漏出大拇指好久的鞋，穿上自己刚做好的新鞋。可是，虎头虎脑的虎娃就是不愿换，瞅了个空子穿着旧鞋溜出了家就和我们去了学校。

中午回家吃饭，虎娃妈一气唠叨。等吃完午饭，连唬带吓，把那双旧鞋直接扔进了水里，才终于让虎娃换上了那双新条绒布鞋。

听到我们叫着虎娃去学校，虎娃妈一手衔着虎娃的耳朵、一手拽着虎娃的胳膊，将极不愿意穿新鞋的虎娃推向大门外的我们。

别说，虎娃穿上那双黑条绒鞋，还真平添了一股虎虎英气呢。可虎娃却就是一脸的不乐意。

我们便拉起虎娃向学校走去。

去学校的路，要穿过一大片苜蓿地。

那天我们经过苜蓿地时，苜蓿花开得正浓。远看，绿绿的一片上一层星星点点的亮紫色花，就像一块铺在地上的厚厚的锦缎、地毯，美极了，引得那些大大小小、各式各色的蝴蝶在苜蓿地的上空不停地翩翩飞舞着，这朵花上停停，那朵花上闻闻，悠闲极了。

我们几个小伙伴自然不会少了享受这美景的机会，明明直扑过去在苜蓿地里打起了滚，旗娃则踩着厚厚的一层苜蓿向前冲锋，追着蝴蝶寻开心……

这时只有虎娃闷闷不乐地站在一边，无精打采。

见虎娃忧心忡忡的，我们知道虎娃是忧心自己穿的新鞋被同学们看到嬉笑，担心那个快嘴的小刚对着他叫喊"新鞋脚上穿，媳妇来得欢"的顺口溜。

在那个时代，家家几乎都一样，难得添置一件衣服。辛劳了一年，到农历年的正月才是穿新衣服的时节。每个家庭，家中日子再艰难，心图吉利的人们总会想尽办法添置些新衣新鞋。家中弟兄姊妹们多的，往往是一件衣服、一双鞋老大穿了老二穿，老二穿了老三穿，缝缝补补好多年。那时，穿补丁衣服和露出脚大拇指、穿补了疤子的布鞋是极为正常的事。过年之外的时间，穿件新衣、穿双新鞋则会被视为不正常的事情。对于年轻人，除了过年，只有定亲时才会穿上一身新。加之那时有男娃十四五岁左右家里就给"占媳妇"定娃娃亲的习俗。所以平时谁穿个新衣服、新鞋是很受关注的，会受到那些穿着旧衣、穿着旧鞋的同学、乡亲的没有恶意的娱乐式嘲讽和嬉笑。在那个苦难的岁月里，现实的存在则牢牢地引导着人们审美的价值趋向。

快嘴小刚有一肚子损人的顺口溜呢，你戴个新帽子吧，他会说"新帽子，头上戴，媳妇来得快"；你穿个新衣服吧，他会说："一身新衣扎势呢，原来是看媳妇（相亲的意思）呢"……

作为要好的朋友，我们很同情虎娃的境遇，就都安慰虎娃，也都想着对付的办法。

跟着爷爷听了很多故事又喜欢动脑筋的明明，看了看旗娃手上刚逮住的蝴蝶，突然说："我有办法！"

等明明说出他的办法，我们都叫好，还都夸他足智多谋，就像诸葛亮。

于是我们在绿毯紫花中围追着蝴蝶。终于抓到了一只白色蝴蝶。按照明明的主意让虎娃赶紧蜷在手中，向学校走去。

到了学校，快上课了，同学都进教室了，校园看不到人。

虎娃信心十足地径直向教室走去，一进教室门，便按照明明的主意大声叫道："看，这是啥！"同时一扬手，将蝴蝶向上空抛去。

只见白色的蝴蝶沿着虎娃手抛的方向乘着惯性略向上一飘，便一路向下坠来，直直地落在了虎娃穿着的黑条绒新鞋跟前，便再也一动不动了，那鞋的黑色和蝴蝶的白色在教室的土地上显得极为惹眼。

这一下，教室里炸了锅，快嘴小刚先发了声："虎娃，你怕我们看不到你穿了个新鞋吗？还耍个这把戏！"教室里一片嬉笑声。

虎娃也瞬间愣在那里，他纳闷：蝴蝶为什么没有在他抛出去后翩翩高飞，吸引去大家的目光。在满教室的哄笑声中，虎娃终于明白：自己太紧张了，以致蝴蝶不知啥时间被捂死在手里！虎娃臊得（方言，极度窘迫）满脸通红，以致好像都不会走路了，踉跄着走到自己的座位上，趴在课桌上，把脸埋在胳膊弯里……

那半天时间，虎娃成了我们班以致全校的著名人物，成了大家调侃嬉闹的谈资。在大家的念叨与高度"重视"中，虎娃度过了自己11岁的生日。

第二天，虎娃穿着露着脚大拇指的布鞋出现在了校园。

这件事虽然过去了几十年，但直到现在，每次见到虎娃、明明，和他们在一起，总免不了回忆起那段岁月。

如今，偶然聚在一起，看着虎娃、明明和我自己脚上穿着各具特色的时尚鞋子，想起这段往事，心中总有一股难以名状的心绪。也总会想起蝴蝶飞舞的紫花苜蓿地和那古朴的村庄，还有那一张张难以忘怀的面孔……

渭水岸边，那一片透心的美艳

刷爆了微信圈，贴吧里身影满满，人们见面会问："去看了吗？"这些，只为把一个美的信息传递：百里画廊的荷花正开得艳！

千亩大的一片，水是底幕，绿裙连连，主角是那奇艳的荷花。远远望去，波光粼粼与田田的绿意相嵌，构成了一片渭水岸边的美艳。

夏天的微风飘荡，天上的鸟儿也在尽情地飞翔、歌唱！

田田的绿色间，星星点点点缀着"粉面小红腮"的惊艳和朱唇半启的娇羞——美艳的荷花！

有的群枝高站，亭亭玉立，你追着我、我追着你地尽情绽放，只把这千亩荷塘点缀得灿烂光艳，只把这千亩的荷塘渲染得光彩鲜亮。花瓣片片，写满了这夏的绚丽。

有的几只一丛，含羞不放，像一群羞怯的小女孩，你让着我、我让着你，都不好意思先把那美艳的灿烂绽放。倾耳细听，仿佛会听到她们的娇喃呢。那一袭的青衣、那粉色的小脸、那腮上的红颜只把那娇羞尽情地演绎，让人顿生爱怜。

有的单枝高出，昂头探看着这夏日漫塘的翠绿，在这满眼的翠绿中，在这蓝天白云下，直显得靓眼灿烂。

一阵风儿吹过，荷塘中荡起了层层的绿波，荷花也随风起舞，这情景，让人赏心悦目，过目难忘呢。

长腿的白鹭飞飞停停，时而翱翔高空，时而站立在满眼的绿意中，宛如一朵洁白的莲花绽放。

　　那朵朵的靓丽如一首首诗，让人流连；那朵朵的含苞待放，像一曲曲饱含力道的歌，叫人难忘；那田田的一片绿，如清凉的翡翠，在这夏日里让人心静舒畅。无怪乎诗人咏叹："接天莲叶无穷碧，映日荷花别样红。"

　　水中的旅游栈道，弯弯曲曲，站在这边看那边，人们好像游走在花艳的绿海中。坐在凉亭中休息一下，静享清风的凉爽，遥看天空鸟儿的翱翔和游人如在画中的欢畅。观荷塔上，遥望秦岭巍峨，太白积雪一片皑皑，渭水悠悠不舍昼夜；站在塔上，心之高阔，似不能以山水而云。荷塘中的那一叶小舟，荡荡悠悠，让人心生念想：荡一叶小舟，在那田田的荷叶间缓缓穿行，近闻那一朵灿灿的荷香，沁人心脾！捧一笺诗页，就读"荡舟无数伴，解缆自相催。汗粉无庸拭，风裙随意开。棹移浮荇乱，船进倚荷来。藕丝牵作缕，莲叶捧成杯。"去领略那隋人《采莲曲》的意境。

　　如果遇着雨天，你再看碧翠的绿叶如盏盏翡翠的浅杯，在夏风中摇曳相碰，晶莹如珠的琼浆在杯中像喝醉了似的随风嬉戏，满塘碰杯，漫塘似醉，那种豪壮，引得看景的你都想借用翡翠杯，一饮醉如仙呢！

　　"真美！"身旁的年轻人流连忘返！手机拍了一张又一张，总感觉一张美过一张！

　　"真美！"来了一次又一次，感觉一次史比一次美。

　　"真美！"小孩子总是赖着不愿走，"我真的还没看够呢！"

　　入眼，入心，让人不舍离去，这就是眉坞的百里画廊、眉坞的千亩荷塘！在渭水岸边，那一片透心的美艳！

　　昔日的荒滩野草被眉县儿女的汗水浇灌成美丽的百里画廊；昔日的沙坑水滩被眉县儿女的梦想滋养成千亩荷塘。

一滴滴汗水，是那最美的莲花，一个个梦想成就着千亩的美艳。

这艳，透心；这艳，舒心！

在渭水岸边，那一片透心的美艳，真的很美很艳！

3511

3511（读作叁伍妖妖），它不是个保密单位，只是一个海拔高度，也是一个山巅的名字。

这个地方，在太白山的海拔3511米处。

要到达3511处，需从太白山脚下乘车，经过一个多小时的左冲右拐，急急地转弯、翼翼小心地临崖而驶，你才能到达索道下站。一出索道下站，受着山外酷暑的人们立即会感到股股清凉甚至寒意浓浓。眼前山色如黛，云雾飘绕，每一处都像一幅蠕动着的山水画。

山顶在云雾中时而清晰可见、缥缈境如仙，时而隐没在那阵阵云雾中，时隐时现；时而全隐了踪影，恍若梦幻。停车场，尚有绿树如翠。

在索道下站坐上缆车，缓缓向上攀去。有时，缆箱在阳光中攀升，低头看去，山上满是针叶松孤枝孤干挺拔的身影。满目苍硬的石头裸露的身影做着树的背景。有时，缆箱在云雾中飘行，四顾望去，苍茫一片，只有雾飘散在缆车周围，静耳细听，你都能听得到云雾飘去的声音。

因为秦岭北麓山势陡峭，所以太白山的植物垂直分布明显，从阔叶、针叶到高山草甸等分布清晰，所以被称作"植物垂直分布最明显的植物园"。在太白山,随着登高海拔的不同,也会对"一山融四季"有深切的感受。

缆箱升到一处,一同行者惊呼:"你们看,冰!那么大块的冰!"寻他手指处望去,在两山相接的沟谷处,有水顺谷下流而形成的一大片冰。难怪同行者惊呼,这时山外可是35摄氏度的天气呢。有同行的地理鬼说:这不惊奇,人道太白积雪六月天!六月高温天气,山外下雨,山上下的是雪。众人听后感叹不已,连称神奇。有胆小者,坐在缆车中不敢四望,不敢说话。大有唯恐四望见仙人的羞怯。对于太白山"六月积雪"的美景,宋代苏轼曾写道"岩崖已奇绝,冰雪更瑚镂。"

整整16分钟,终于到了索道上站,只见这里的工作人员一律的防寒服,统一的样式,也有一黄军大衣取暖的工作人员。待我们出了缆箱,尽管我们已尊团队告知穿上厚衣,但还是感到阵阵寒气袭人。

出了站,到了一处观景平台。远远望去,山脊如苍龙伏身,两米见方的巨石俯卧如牛,一个挤着一个,满坡都是,就像满坡的牧牛饱食后在卧地反刍,满坡的悠闲自得。一股清淡的白云缓缓飘过,蓝天、白云掩藏着卧牛一片的山坡,清远而辽阔,空气清新凉爽。

这些满坡如卧牛反刍的巨大石块,是第四纪冰川时期地质运动的杰作,它们形成的时间是在260万年前。当时,人类还处在自身发展的婴儿期。那时,由于地质运动,峰塌石碎,遍布满坡,广阔博大,是为石海;梁隆顶碎,落石满沟,如河奔流,是为石河。由于当时的隆起与坍塌,太白山峰山势陡峭,孤峰如刀剑矗立,绝美奇异。

友人指着观景台西北处的高山嘴处说:天圆地方就在那,也就是3511处。

相呼前行,不过几分钟便攀上巨石上写着"天圆地方"处,标着海拔3511米的高度。

站在此地,蔚蓝的天空一尘不染,湛蓝如沧海,周围近处的大山匍匐在脚下，看天如穹庐，四望苍茫，顶天立地之感油然而生。站在此地，天圆如盖，地阔四方，故而也称作"天圆地方"。

写着"天圆地方"巨石后边，怪石嶙峋，或如竖剑，斜指天空；或如雄狮，准备猛突；也像牧牛，低头寻草；或像海豚，仰跳嬉戏。站在最高的巨石上四望，你会理解"山高人为峰"的含义。

有同行者心中多感慨，向天直抒胸臆，高呼："太白山，你真美！我来啦！"瞬间，此声此起彼伏，在这空旷辽远的山顶。

在热情的鼓舞下，人们用自带的小音箱，用高低、色彩不同的声音唱起了欢歌，一人起头，众人相随，一时间山巅的气氛热烈欢快得就像夏天的花儿在风中摇曳。那个年轻的小伙子歌喉一展，众人叫好不断。在音乐的感染下，人们就在这小小的平台处手舞足蹈，相和着音乐。60多岁的老者也跳起了舞蹈，欢乐在这3511处飘荡。

忽然，天空飘起了小雨。一时间周围朦朦胧胧的。旁边的工作人员说：太白山有许多神秘的景象。过去，在太白山区有很多讲究，比如：进入太白山区禁止高声说话、大声喊叫。如不遵守，则会"召"来疾风骤雨。《水经注》有载："太白（山）去天三百，山下军行不得鼓角。鼓角，则疾风雨至。"

太白山的高度是3771米，3511距最高峰拔仙台的垂直距离只剩下不到300米。

山上的工作人员告诉我们，向南顺着山脊上的路一直前行，就可以到达太白山的三个古火山口形成的冰斗湖。当地人依次称其为大爷海、二爷海和三爷海。听这名，就能看到从古至今人们对这座奇伟神秘的大山的敬畏。

据《风月堂诗话》载：太白三池，"此湫林木阴森，水色湛然，鱼游水面不怖人，人莫敢取者。有落叶，鸟辄有去，远弃之，终年无一夜能堕波上者。"这种鸟被称作"净池鸟"，在太白山被看作神鸟受到人们的爱护和保护。唐代韩愈也有"林柯有落叶，欲堕鸟惊救"的诗句描写"净池鸟"的尽职与迅捷。在太白山周边地区有许多关于这种鸟的传说故事。

工作人员说：在太白山顶的三个海子，池面常被云雾笼罩，雾开则微风荡波，霞光异彩，景象神奇。

过了三个海子，再向上就到了太白绝顶，一个不规则的三角形台锥——拔仙台。而从3511到拔仙台，单程一般人正常速度得用四个小时。

工作人员说，由3511到拔仙台的这四个小时路程中，石河、石海遍布，景观奇特。

他们说，太白山云海景观更为神奇。但那是一种机遇机缘。云海显现之时，站在云端之上，看一望如海的云层像抖动的锦缎，涌波起浪；有如轻纱漂浮，如梦如幻；有像江河奔涌，连绵起伏……

1000多年前，诗仙李白登临太白山，览太白美景、听云奔雾起、看山色梦幻、感受神山仙境，于是写下了"西下太白峰，夕阳穷登攀。太白与我语，为我开天关。愿乘冷风去，直出浮云间。举手可近月，前行若无山"的壮丽诗篇，也留下了心底不舍的留恋："一别武功（太白山时称武功山）去，何时复见山。"

我们很遗憾因为时间的不许而不能到达太白山的最高绝顶——拔仙台，只能远远地在云雾缥缈中向南远眺。

虽然我们没能到达最高处，但回家已好几天了，3511这个神奇的地方，那如牧卧牛的第四纪冰川遗迹，那在雾霭中的石峰耸立、山势峥嵘，那云起雾霭，那如苍龙匍匐的山脊……这些美景久久地在脑中徘徊，特别是那天在3511处的欢歌和那高远处的舞蹈！

昨天，朋友电话告知：3511处的高山杜鹃开得正美！

槐树湾的故事

槐树湾，隶属于岐山安乐镇，是岐山与眉县交界处的一个小村落。

槐树湾没有槐树，却有一株粗枝粗干的老药树。这棵药树枝繁叶茂，冠如绿伞。路人远远地便可看见高大的树冠碧翠如堆。

可别小看没有槐树的槐树湾，也别小看槐树湾里这棵史无记载的药树。

槐树湾可是一处古村落。史料告诉我们，元代（1279—1386年）时，岐山辖四乡二十九里一庄，槐树湾属永丰乡马碛里的一个村庄。槐树湾之名最早起源何时，未见记载。那么，按最早见于史志资料的时间来看，槐树湾村也已有700年左右的历史。

槐树湾有位76岁的付相礼老先生。每与人说起槐树湾，付老先生总有说不完的掌故，他会告诉你"孔公渠"，他也会告诉你有关大药树的记忆。

"孔公渠"是紧挨大药树西边的一条自南向北的古渠道。关于"孔公渠"，碑石有记，见于史籍。

金承安元年（1196年），时任眉县县令的孔天监克服种种困难，在各方的协助下，自斜谷口向北浚修了一条渠道引水灌田，使沿渠岐山、眉县数千亩的田地成为水浇良田，造福一方。因渠处眉、岐两县交界，人称"界渠"，时至今日，沿渠百姓仍称此渠为"界渠"。当时，人们感念孔县令造福之德，也称此渠为"孔公渠"。泰和八年（1208年），百姓备受"孔公渠"之惠，于是请名士撰文立碑纪念。其碑文被明版《眉志》收录，即今可见之《孔天监水利碑记》。据《岐山志》记载："孔公渠……经眉、岐两县的常家庄、新军营、胡家营、陈法寨、槐树湾、杨千户寨、马鞍山、第五村等八村。""孔公渠"自南向北从槐树湾村东流过，滋润着这片美好的田园。

谈到大药树，付老先生说，他十多岁随父母从山东投亲定居槐树湾时，大药树似乎就像现在这样大，虽然经历了60多年，但这个树似乎没有长，一直就这样。

老人还告诉了我们一件关于大槐树的故事。

民国25年（1936年）12月，行伍出身、到眉县任县长的麻百年巡查属地到槐树湾附近，远远就看到一棵大树在这片田野村畔中异常显眼，走近看，树干高大巍峨、冠如巨伞，遮天蔽日，叹为奇观珍宝。在他弄清了眉、岐历来以界渠为界，渠东为眉、西为岐地的传统，并看到树在渠东数步的事实后，军人守土有责的血性使这位刚到任的县长陡增了满满的担当。回县之后，即自撰文字，阐明"界渠即为两县之界"，大药树在界东，自为眉县之物，并严令周边百姓人人珍爱不得有损云云，并令刻立碑石，署县长名，立于树下偏向西北处。这方碑石紧临孔公古渠，隔渠望西而立，俨然一位士兵一样守卫着这棵古树，看着遮天蔽日的树冠之外那风云变幻、枯荣更替。

据付相礼老先生回忆，此方碑石在20世纪60年代被毁。但在曾绕嬉于其侧的老人心中，碑石的形状、大小，碑上的文字他都牢牢地记在心中。

今天的槐树湾，由于县界两侧群众为了便利生产等原因互兑土地，大药树所处地已经是属于岐山，大药树也就成了岐山境内的风景。由于村落的发展，大药树由历史上位于槐树湾村东也成为现在的位于槐树湾村中，周遭围着民居；"孔公渠"也成了南北穿村而过了。这段古"界渠"在有些段落也已被夷为平地，不再为渠，在槐树湾段，"界渠"也已不再是两县之界了。但在人们的口中，依然流传着"界渠""孔公渠"的称呼。

同付老先生说起昔日树下碑石的时候，老先生有回忆的快乐，也有缺失的痛惜和遗憾。

在我们离别村子的时候，他不停地念叨说："大药树要保护，这是村子的守护者。"

我们的车子已离开很远了，回头望去，付老先生那清瘦的身影依然还站在那高大的树下，那画面就像一幅意境深远的油画。

历史，将久远的故事以自己的方式深深地刻画在人们的心中，历代传承，虽经历史尘雾的落蒙和风霜雨雪的消磨，但它却像石下的劲草般总是顽强地探出头来，告诉着人们昔日的流岚风光。

温州印象

对于温州的印象，最早是在近30年前形成的。

那时，我在一所初中任毕业班班主任，那年距中考不到三个月，学校领导考虑到毕业班老师辛苦，也有鼓励大家再加一把油的想法，于是给初三老师每人发一双时尚的皮鞋。

皮鞋发到手中时，发鞋的教导主任叮嘱道："不能趟雨水！"看着黝黑发亮、样式时尚的皮鞋，心想：才舍不得趟雨水呢！

可是，事不凑巧，穿上皮鞋的那个周日，骑着自行车去学校时半路上遇到中雨，全身淋了个透，自然，皮鞋也不例外。

等鞋晒干后，发现鞋面上易打折的地方开了许多细小的口子，就拿到街上去补。不料，补鞋的人说："这鞋还补！"我问："你，补不了？"那人说："这鞋不值得补！这就是牛皮纸鞋。不见水，穿个一个多月；见了水，就只有一扔了。这鞋，没补的意义！温州的时尚鞋都这样！"说着，让我看鞋底上的一行"温州制造"的字。他还在裂茬处揉了两下，那鞋的小裂缝就变成张着的大嘴了。

从此，温州这个名字就一直印在脑子里。买东西，看到温州字样，唯恐躲之不及。

前年有一次买插座时，店主推荐一款插座，样子精致漂亮。但一看是温州制造，坚决不要。店主说：温州现在在重塑形象呢。他们也认识到了过去作假对自己市场的伤害，所以政府就整治市场，这几年很有成效。但不论店主怎样说，我还是不考虑买温州制造。

改变我对温州印象的是今年三月，因公去了趟温州。

让我对温州渐有好感的第一个印象中是温州街道边的古树特别多。看看树上的保护标牌，三四百年树龄几乎比比皆是，而见到的几个干粗如碾盘、树冠遮天蔽日者，六七百年呢。而且，我们见到的几棵古树，虽树根占据了公路不小的路面，但温州人却让它依然原地生长、冠绿如伞，并没有毁树让路。我一直认为：一个能路让古树、容得下古树在寸土寸金的地方有立足之地的城市，那一定是一个有着古意古风的城市！在我们去办事的路上，街道两边不时闪过粗大古树的身影。这让我对温州这个城市渐渐有了一丝好感。

真正让我对温州有了好感的是我们一行见到的温州车让人的现象。在温州的十字路口，温州的小车，都是让着行人的。即使机动车前行方向是绿灯、而人行方向是红灯，只要有人通行，车都是让着行人的，没有喇叭的刺耳催促，更别说行人的绿灯。这种现象，我们在路口常常见到，而且，因为急着赶路，我们也享受了几次温州机动车的这种暖暖的"温柔"。

机动车的驾驶者是人，行车文不文明，尊不尊重行人，不是车有多好，取决因素在于人的素养。温州的车让我从心理上对温州有了一种特殊的好感和尊敬。而且，我暗下决心：向温州的文明学习，以后开车一定让行路人。

当我们参观了温州的展馆后我对温州的了解更进了一层。温州算学在近代的超前发展、现代城市的发展理念、温州城市深厚的历史，让我对温州有了更多的敬意。

温州是一个文化底蕴深厚的历史古城。它有许多值得人们尊重的文化和历史，当然，不包括那"牛皮纸皮鞋"的历史和文化。

人说"知耻近乎勇"，正因为温州知道了自己的"耻"，才与那种耻勇敢地、毅然地割裂，这样既维护了自己的市场利益也维护了市场主体的长远利益，更维护了消费者的权益，温州才又回到新的发展之路与新的辉煌之路上。

在出租车上，在街头，与温州人交谈，洋溢在他们脸上的是对这座城市深深的热爱、对前路的坚实的信心和对外来者的一种深深的尊重和理解。这些，应该是一座城市深藏在心底的素养，也是一个城市的动力核心。

我有充分理由相信，温州的明天会更好。

温州一行归来，在心里我竟然喜欢上了温州这个城市。那树、那人、那座城，深深地在心里！

眉城春美

（2017年4月2日中午10时左右眉城槐树林公园纪实）

年轻的母亲领着五岁左右的小女儿在逛公园。

突然两人都看到距路边五六米处草坪中盛开的一树桃花。

"走，咱们去跟前看！"年轻的母亲说，并且已经拐脚向草坪踩去。

"不能踩青草！你不能踩青草！"小姑娘急着向母亲说。小姑娘的声音很美，普通话很好听！

"不要喊！踩不坏！"年轻的母亲似乎有了怒气，带着呵斥。

"不能踩！要爱护青草！要爱护草坪！"小姑娘的态度很坚决也很执着，但声音听着依然很美很舒服。

"草长得这么好，踩一踩有什么！"

"不能踩！要爱护青草！要爱护草坪！"

年轻母亲的脚终于又回到了路上。

"那好！咱们从那边绕过去！"年轻母亲似乎平静了好多。

小姑娘蹦蹦跳跳地跟着妈妈高兴地绕到那边去赏桃花了。

不一会儿，我听到那边传来小女孩那悦耳的声音："妈妈，你看，桃花真美！"

望去，小女孩仰着扎小辫的小脑袋欣赏着一树美丽的桃花，小女孩的妈妈高高的个子隐没在那一片美艳中！

桃花灿烂，一片美艳。母女俩频频互相轮换着用手机拍照，与美丽的桃花合影。

树上桃花艳，树下母女欢，多美的一幅眉城桃花春美图！

凤翔名吃豆花泡

豆花泡，也叫豆花泡馍，它是凤翔的早点名吃。

豆花泡馍对于凤翔，就如同臊子面对于岐山，麻辣味对于四川。

在凤翔的大街小巷，几乎隔不了多远就可以看到豆花泡馍的铺子摊点，闻到那豆花泡馍的浓香。

每天早晨，铺子摊点前围满了人。桌边的凳子坐满了，就一个个端着大碗站着、蹲着，只听得喉喽喉喽的吃饭声、喝汤声。吃者吃得香，观者看得也口里流香。

凤翔的豆花泡馍，豆花色白玉润，软硬适中，不松不稀，可用筷子夹起。入口，豆花的香让人感觉到柔软中的筋道。豆浆，浓似牛奶，白如润玉，浓香伴随盐香、辣香一起，入鼻，香浓有味，极具诱惑；入口，唇齿溢香，韵味悠长。锅盔馍酥香耐嚼，溥厚有致，入汤，软而不松，柔而有筋，绵而不散，吸豆浆之浓香，伴盐与油辣的香味回味醇厚，味香悠长。一口馍香，一口豆花香，间有豆浆的浓浓的豆香，吃过之后，那浓浓的香往往常留在唇齿之间、常驻在心上，久不能忘！

雍城曾有传说：当年见多识广的苏东坡初仕凤翔时，品尝了雍城豆花泡馍后，连连称奇，此后常常品尝，及至后来为官他地竟也念念不忘。

在凤翔坊间也有语云：东湖的柳，姑娘的手，金玉琼浆难舍口。东湖柳，婀娜多姿，源远流长，自然与人文，景妙；西府人勤劳，凤翔姑娘手巧，编织、剪纸巧夺天工，人的手巧；凤翔豆花风味独特，滑爽细嫩，味佳，有"金玉琼浆"之称，食美。此谓凤翔三绝。逛东湖美景、赏巧手剪纸草编秀美之余，美美地咥上一碗"金玉琼浆"豆花泡，心中涌起的是满满的雍城情怀和对苏子的悠悠情思、韵致弥香。

豆花泡馍的配料并不复杂，是雍城古地人的巧思与生活的心劲创造让它名扬西府，老少咸宜。将精工制成的豆花、慢工文火而成的锅盔馍（片）（入豆浆锅内煮稍许）稍加食盐以豆浆浇汤，淋上点西府的特产油泼辣子，一碗香溢四散的豆花泡馍就大功告成了，就这样的简洁明了！它没有臊子面的铺排华丽、用料考究，也没有川食对麻辣味的肆意强调。

一碗泡馍，豆花洁白，如白玉含脂、原丘生烟；白黄相间的锅盔馍片在如琼浆玉液的豆浆中，就像鱼游润玉中头藏露尾，别具景致；漂浮的油泼辣子色彩鲜红，红白相间，给人以色彩吸引和美的感受！

豆花泡馍虽然配料简单，体现的却是凤翔人对生活满满的情怀、对生活的心劲热爱与智慧！用简单的材料，作成了独具特色、享誉西府的美食。

在商鞅曾立木为信的这片故土上，人们崇尚的就是一个信字！作为食材的豆子，他们必精选上好的黄豆，用清水淘洗得干干净净，浸泡一定时间后，细心地用石磨磨细，自己用心，让吃者放心，自己才舒心。

在点豆花、熬豆浆的过程中则精益求精，磨浆、点豆花、熬豆浆就有许多技术性的要领秘诀，认认真真，绝不马虎丝毫。浆磨得细、豆花点得软硬适中、豆浆熬得浓香可口、锅盔文火烙制筋道酥香，道道工序，都是他们的细心、耐心和生活的智慧与哲思坚守。

一方水土养一方人，一方文韵成就的是一方美食。豆花泡馍发源于凤翔，散发于西府以及外地，但要尝到正宗的豆花泡馍，还是凤翔原产地的味美香浓。

豆花泡馍，是先秦为都294年、作为府治千余年的凤翔第一美食，是传承、文化、乡情、人文、民风的凝结，豆花泡馍成了凤翔的标志美食和美食名片。说到豆花泡馍，就必然要牵扯到凤翔！

到凤翔的人，谈到吃，豆花泡馍是首选。套用一句话就是：到了凤翔不吃豆花泡，等于你没有真正到过凤翔！

因为，在这座风云聚聚散散的雍城古地，你吃的不单是一碗美食豆花泡馍，更是凤翔这方古地的一方文化。

我的母校凤翔师范

决定我工作生涯的母校是凤翔师范学校。我在那里学习已是30多年前的事情。

1983年，当时的罗局初中在岐山县域是颇有名气的初中，有名气的原因，是每年考上中专、高中的人数比例高。

记得我们那一届，考上中专的学生有5个。只有我一个被录在了凤翔师范，这就意味着我这一生的职业就是做一名教师。

做一名教师，也在我当时的理想之中，所以也很满足。特别是在那个时代，考上中专，按乡亲们的说法，就"成了国家的人"，毕业后国家会安排工作、会每月发工资、吃的是"商品粮"。所以我当时通过面试、接到入学通知书，一直非常满足和高兴。当时心中暗暗有个计划，就是要多读书、好好读书，做一个知识渊博、别人问不倒的好教师。

我考上了凤翔师范，家里的人也都很高兴。父母早早地为我准备被褥，大姑送来了自己织的花格粗布单子，小姑把自己的蝴蝶手表送给我戴……辛苦经营着家的父亲异常高兴，父亲说：他有了盼望。

在我将要拿着通知去学校报到的前一天，父亲领着我去了趟爷爷的坟地，烧纸奠香，口中喃喃。我听到，那是父亲在给长眠此地已近十年的爷爷述说着家里的事，告诉爷爷家里一切都好，让他老人家放心。还报告爷爷说我有出息，考上了当教师的学校。看着父亲满脸的虔诚和严肃，我顿生对含辛茹苦养育着我们兄弟的父亲和曾经领着我赶集、走亲戚的爷爷发自心底的敬意和感激。

去学校报到的那天早上，父亲起得特别早，与我步行七八里路去坐车。一路上父亲背着大包的被褥行李，从没显出累，还和我说着家长里短，提醒我不要骄傲，激励我好好学习。到了学校，父亲一直陪我安排好住宿才千叮咛万嘱咐地离开了学校去赶回家的车。看着父亲匆匆离去的背影和那已经驼弯的背，我感觉我的眼泪从心里涌出。

在学校三年，我们遇到了让我们耳目一新、满腹经纶的老师们。他们不仅教给我们知识，让我们看到了更广阔的世界，还教给我们学习的方法，通过三年时间，使我们的学习能力得到了很大的提高。更重要的是，老师们满腹经纶的气韵和豁达有致的儒雅深深地影响着我们，激发着我们年轻的希望和梦想，让我们受益匪浅。感谢你们，我的老师们！！！

今年春节，抽空到学校参观一趟。30多年了，变化太大，有许多地方已辨识不清。30多年的时光磨砺，模糊了昔日的记忆。

现在的大门朝西。记得我们上学时，学校大门朝北，对着一个巷子，好像叫文昌巷。当年的大门似乎没有现在这样的气势，但在我们心中，文昌巷的老校门是最美的，一直会像照相的底板一样留在我们心底深处，永难磨灭。

找到我们在三年级时学习的教学楼，还可辨其形。但真的已经记不清在哪一层，在哪个教室。好像在二楼吧，其他的已经记不清了。

对于当时的开水灶记忆犹新。拿着硬塑料的开水票去打水，里三层外三层，密不透风，在高峰期，要打出一壶开水，那确实是一项体力活。时光如梭，在打水、喝水间，三年的时光就这样悄悄地溜了过去。

开水灶紧挨着的北边是礼堂。当时的礼堂也兼做饭厅，礼堂南墙上开着朝向礼堂方向的卖饭的窗口,一溜五六个窗口,开饭时节,人潮涌动,常常队长如龙。也常常不满大师傅打饭时的抖动卖饭法,一勺满满打起,向碗里送的短暂过程中迅速抖动勺子,等打进碗里,大约不到刚打起的三分之二,同学们颇有意见。虽有意见,大师傅们却三年如一日,坚持不懈地重复着打饭时的抖手传承。

那个兼着餐厅的礼堂,里面舞台坐东朝西,学校的大型集会、报告、文艺演出等常常在这里举行。我的记忆里在礼堂看过三场庆元旦文艺汇演,同学们的吹拉弹唱、老师们的多才多艺、师生联袂的精彩节目令我们常记不忘,激励着我们不断完善自我,自觉地充实自己、丰富自己。

记得商子秦老师在这个礼堂给同学们讲过诗的写作与欣赏,引人入胜。特别记得他的那首《我是狼孩》,现在每每读到,依然感觉意蕴深远,他站得那样高、看得那样远,似乎智慧的眼光可以穿透百年以致永远。记得还有一位老师讲短篇小说构思,分析的是一篇叫《调动》的短篇小说,现在依然常常清晰地记起。

隔着紧锁的大门上的玻璃,能看得到大礼堂内的情景。但感觉似乎没有我们那时的宽阔和高远,反而显得狭促。

礼堂兼餐厅的门口,那时紧邻学校大门,一直是重要的通知发布、表扬公告、获奖名单公布、处分决定等张贴的地方,扮演着新闻中心的角色。

记得礼堂大门正对的大路西边当时是个东西可以横通的四合院,南为会议室,北为教师灶,开放的四合院中有两棵树,常常从树边经过去食堂,去街道,当时只听说很有历史、开起花来很美。现在才知道那是百年的海棠,承载着百年的历史和百年的风风雨雨。四合院现在修整得已经难辨其容了,大门紧锁,难进其中。

不过现在知道了,这是凤翔府的文庙,是旧时凤翔府的文心重地,代表着凤翔府的文化寄托、文韵祈愿。

凤师，在一块宝地之上，识得，敬文慕化，则有文运昌盛，世有古风；弃之，则人心不古，浮躁无羁。凤师办学之初，择址此地，大约也是托继文星之气，有兴盛文风、强化国力之意吧。

那当年全校上操的大操场，是我们当时见到的最大的操场。而今看来，似乎都有些小了。非常怀恋当年"早操不上，舞拳弄棒"的丰富多彩的早操和那种其乐融融、万花齐放的气氛。

记得那时，《读者文摘》《辽宁青年》《演讲与口才》《小小说选刊》《中篇小说选刊》《作品与争鸣》《女大学生宿舍》《人生》等电影陪伴我们度过了课余闲暇以及周末的美好时光……

操场南的古城墙，走近可以看到墙体层次极为分明和整齐。是先秦的雍城遗址还是东坡的宋城遗迹抑或是……总之是古城遗址。听耳边风声，观古城墙，倾耳细听，似乎能听到先秦的歌谣、东坡的吟唱、金元的哀嚎和民国的混战，低吟高唱、呻吟哀叹，把历史的沧桑悲壮，就凝在层层黄土城垣破败的容颜里。

校园里有个雕塑，是学校百年校庆时的纪念标志，南立面上有原教育部总督学柳斌留书的"百年树人，泽润千秋"。"百年树人，泽润千秋"让人对思良久，感慨万千！

听说，近年来学校遇改制、合并折腾，已今非昔比，感慨万千！

秦砖留迹，汉阙何在？一座百年的老校已容颜不再，唯余脂粉厚重。

文庙犹在，文韵难寻。已失的，不唯"凤翔师范学校"那几个字，就像空荡无神的文庙，唯余外物空在……

丙申秋末游红河

虽然多次去过红河谷，可在秋末游红河谷却是第一次，所以一接到相约去红河谷的通知，竟然顿觉眼前满满都是微信中看到的赤谷红枫的摇曳美姿。

据明版《眉县志》记载："赤谷，俗称红河，源出太白湫，名太白峡。"红河谷是通往秦岭高峰太白山主峰的四条道路之一，是距离较近的一条，位于眉县营头镇南，如今已是国家4A级景区。她以山的奇绝和水的灵秀而著称，因"天下美景一谷收"的美誉而备受人们的青睐。

天极知趣，下了几天的雨一夜间也悄然退去，漫天转晴，天空湛蓝，阳光明媚。

车子进入景区大门，沿红河边蜿蜒而行。行不久，前面一石山突兀横挡直至河崖，而路就从石间切销而通。车子经过，只留两边直直站立的石门框似的巨石相对而立。山路则一会儿匍匐于巨石崖下，一会儿依傍于红河岸边，忽而左转，忽而右行，两边高山相夹，耳边侃侃水流，河谷满目绿色，稍感天冷之外，满满的期待、兴奋和心灵的清爽。

行走间，瞅见河对岸的半崖间、河岸的小沟边几座大大小小的庙宇，在这青山绿水的红河边，给人一种特别的感觉。

其实在1400多年前崇尚宗教的北魏时期，斜谷、赤谷、汤谷一线的秦岭各谷内外，分布了众多的佛寺道院，那时，这一带曾是修行诵经的美地，有十二洞天之说。那时，庙宇道观散布在这片美丽的土地，香火的青烟以及诵念经文之声曾经弥漫缭绕着秦岭北麓，点缀着这片如画的河山和瑰丽的村寨。如今的这些庙宇道观大多都有悠远的历史渊源。太白大山，高耸巍峨，个个山谷，曲径通幽，地灵人杰，高僧辈出，素有"天下修道，终南为冠"的美誉。

"瀑布，大瀑布！"车上有人惊奇喊道。只见瀑布从河对面的高山上喷涌而下，瀑布的声响合着奔走在巨石间的河水声，声震山谷，激起的飞沫飘散在狭窄的谷地，一溪洁白的珍珠从高空如幕布般垂下。人们忙着拍照，忙着从不同的角度欣赏着这红河谷水灵动的表演。

巡谷向上望去，狭窄的河谷远方，两边陡山相夹，远处一山居中而坐，山上白雾缭绕，山头时隐时现，下部墨绿幽幽，显得厚重、庄严。让人顿有一种空灵的感觉。

就这样，一路上走走停停，看看走走，听听水唱，环观美景，详审河石纹路，竟然觉得处处如画，不舍别离。

在叫作大叉的地方，仰望四嘴山在如棉的白云和白雾笼罩下的神秘和高绝，心中顿生一种清新旷远之感。在那里的路边，一种紫色鲜亮的花，吸引了众多相机、手机的朝向。红河谷景区的工作人员告诉我们，那花叫三角梅，色彩鲜艳，花季长，每年从5月一直要开到11月份。文友们都说，真美，在这清幽的大山里、在这已经有雪的寒冷浓秋里！

我们继续前行，向石海进发。行进间，已经能看到路上一层薄薄的积雪和着落叶，车行其上，已有打滑的现象。车小心翼翼地向前开进，车到药王谷口时，有人喊道："你们看！"寻声向前方望去，只见两山相夹的远处，山如白玉雕琢一般，大致可以看到漫山如玉的树形。工作人员告诉我们，这是山里的雾凇现象，在摄氏零度的气温下，湿气遇树枝成露、成冰，一层一层相裹，就形成了玉树琼枝、漫山晶莹如玉的美景！形成这种现象，要有适宜的湿度、温度，所以我们此行见到，也是一种巧遇。众人感叹、照相，想把这美景留在光影里，牢牢地留在记忆里。

转身回望来时方向，两山相夹的景色又让人们激动不已，一簇森森山峰相依而立，山腰下碧绿青黛，山腰以上，云雾缭绕，时而可见极高处山头时隐时现，宛若仙山仙境，人似在云雾弥漫处飘游，如梦如幻。遥遥看去，不知山之高、峰之阔。同行的文友说，这景，不亚于张家界雾绕群峰的美景！甚至感叹：看景何用他处跑，天下美景赤谷藏！

这时，前行的车辆回过来告诉我们说，前方积雪太厚，加之坡陡，太危险，"石海"去不了啦。

石海是第四纪冰川的遗迹，遥望，巨石一片，苍白的石色如海中起浪，加之广阔博大，故而称"海"。

因为山中积雪太厚而不得再睹其容，确实有些深深的遗憾。

眼前溪水湍湍，流淌着一谷的诗意；雾气缭绕，抒发着满心的悠思；蓝天之上，白云悠悠，可是那不舍的情怀……

我们便只能折返车头返回了……

一路寻踪红叶的美艳，却没有见到。导游说，这次雪前漫山艳丽，可两三天前下的这场雪，使温度骤降，谷风强劲，艳丽的枫叶都飘落不留，有的随风落根，归依滋壤；有些随水飘零，随遇而安。

秋末游赤谷，留下了许多的遗憾：那延绵一片如浪花奔涌的石海美景、那漫山遍野摇曳亮丽的高山红叶、那曲折通幽的栈道、那可以乘风长翅般观景的索道……

看来，游景也要抢抓机遇！那明年，我们就早点来。

（注记：2016年10月29日游览红河谷）

123

八三二

36年前的9月，一群十六七岁的少男少女背着行囊，肩负着家长的嘱托，怀揣着自由飞翔的梦想，聚集在这所具有百年历史的师范学校，在一起学文化、学唱歌、学弹琴、学绘画、学体育，更学着把这些教给孩子们的方法。

39个男生和6个女生组成了一个班级，叫作"八三级二班"，人们习惯称呼"八三二"。于是，多少个书本、作业本和表格上，都郑重其事地写上了"八三二"几个字，"八三二"就和我们每个人的姓名紧紧地连在一起。这一连，就是整整三年。

三年时间，"八三二"这几个字已深深地刻在我们每个人的心底。直到现在，每每不自觉记起，便觉得有一种温馨、有一种激动和说不出的喜悦。

记得刚入学的那年秋季，到学校刚刚不到一个月的我们，头天得知第二天中午12点放国庆假和秋假，一月没见父母的我们激动地在放假当天的早上四点多就起床，早早地打包好被褥，坐在光床板上，靠在被褥上等着天明。现在想起来感到可笑，可这就是我们，那群十六七岁的怀揣着梦想、理想的少男少女们。

让我至今记忆犹新的有两件大事。一件发生在《上海滩》热播的时候，许文强那风流倜傥、武功与智慧非凡的形象吸引着每个师生，学校那个不大的会议室里，坐着的、站着的，里三层外三层。

有一次，我们班站在板凳上的同学被挤下了凳子，不小心踩了站在地下的一位外班同学的脚，被踩的那位外班同学不依不饶，于是发生了争执、最后到争斗。再后来引发了两个班级的矛盾，群体相向。那时，同学间维护集体、仗义执言、团结一心的精神现在想起来都让人激动。事情对与不对无关紧要，年轻人就要有血性、有坚持、有执着、有担当。记得最后，是学校在阶梯教室组织两个班学生参加的大会，引导与施压，萝卜加大棒，但同学们频频递条给主持会的领导，不断表达"请让我们说话"的愿望。一时气氛紧张，学校于是向班主任施压，班主任警告我们："谁再说话，就不要再待在八三二！有什么意见找我说！"在各方压力之下，我们不得不沉默。这次事件，让我们见识了"世事"的无赖。

第二件事是有年冬天，比我们低一级的一个学生因为下雪鞋湿了，脚冻得受不了，就去门房烤鞋，结果门卫说太臭，发生争执。几句话不投机，那个浑身力气的年轻门卫于是大施拳脚，打的那个学生住进了医院。消息传出，一时全校师生群情激愤。吃中午饭时，餐厅门口已贴了几张"烤鞋事件"的曝光小字报，记得其中之一就是那个挨打学生的班主任写的学生挨打经过及自己无能之类的自责。

一时间，"下午罢课"的呼声在学生中蔓延。期间，有多名老师站出来呼吁严惩殴打学生的门卫。餐厅门口人头攒动，围观、议论、聚集，那里成了一时的新闻中心、信息传递中心和愤怒声讨的地方。一时间校园气氛紧张，群情激动。

到了下午2点上课时，学校大喇叭通知：全体师生不带凳子在礼堂参加大会！要求各班主任组织好自己班的学生到指定地点参会。

这次的大会集中时间比以往的集中时间都短。会上，一名学校领导解释事情经过，在我们当时听来，严重地偏向了打人者。什么"门卫处不是烤鞋的地方"、什么"学生言语不恭，导致动手"

等。一时间，会场哗然，大家不愿再听下去。于是，大家好像商量好似的开起了"飞机"（就是用鼻孔延续地哼着拖音，这样发出声音，不用开合口，别人很难发现是谁在发声）。瞬时"飞机"声汇成一片，台上的讲话者讲不下去了，工作人员们穿行巡查在学生队伍中。可他们走到哪里，哪里的声音就顿然消失，别处的声音则沉闷地响成一片，此起彼伏，工作人员忙了半天，也找不出谁在通过这种办法表达着心里的不满。后来，大会在给班主任施压，要求班主任对班级负全责、保证下午上课正常的通知声中结束了。

30多年过去了，那些领导，我倒没记住他们的名字，但我记住了那个为了学生敢于担当的班主任的名字，他叫闫秋文。严老师我没见过几次，但他的名字一直记在我的心里。

"烤鞋事件"给了我们很多的启发、启示，让我们这些毛头小伙、黄毛丫头们思考社会、思考现实。这也是一种教育吧。

30年前的6月，三年的时间一页一页平凡地度过、充实地度过、五彩地度过、迷茫地度过、充满向往地度过，我们在八三二中成长、接受教育，学会了思考，我们接受了三个春夏秋冬的洗礼。

我们毕业，各自回往家乡出发道别的时候，就像家人远别，有心中美好的憧憬，也有离别的不舍。

我们毕业了，八三二就只存在于母校的历史资料中了，但更重要的它存在于每个八三二学生的心中，一直会伴随我们生命的始终。

从来也不需要想起，从来也不曾忘记，八三二！

祭　灶

　　腊月二十三，在北方称作小年，也被称为谢灶、祭灶节、灶王节，关中西府称作"祭灶"，是祭祀灶王的日子。

　　灶王，被人称为"司命菩萨""灶君司命"，传说被玉帝封为"九天东厨司命灶王府君"，负责管理各家的灶火，被作为一家的保护神而受到崇拜、祭祀。

　　祭灶的习俗由来已久，宋代的诗人范成大就有《祭灶诗》，其中有："古传腊月二十四（此处为南方年），灶君朝天欲言事。"可见其传统之悠远。

　　据民俗学家研究，在古代，过小年有"官三民四船五"的传统，也就是说，官家的小年是腊月二十三，百姓家的是腊月二十四，而水上人家则是腊月二十五。作为十三朝古都长安辅地的关中西府，多受王气之诱，祭灶日固定在腊月二十三。

　　在民间，一直信奉着灶王是主管户、负责管理灶火的神仙，灶王每年腊月二十三都要上天向玉皇大帝汇报人口、申请口粮，玉皇大帝根据灶王爷的汇报，将这一家在新的一年中应该得到的吉凶祸福的命运交于灶王爷之手。灶王向玉皇大帝汇报完毕，于大年三十正午前再回到各家。所以，灶爷堂中的灶王旧像要在祭灶日焚烧在灶前，称为送灶神，送灶神的人要口中念念有词，都是些叮咛灶神要"上天言好事"的嘱托。新的灶神像在除夕正午前要重新安请在灶爷堂中，期冀灶王能"下凡降吉祥"。

关于灶王其人，有个传说：平民张生，娶妻后不思节俭，终日肆意挥霍，以致家败业尽，落得沦落街头以行乞度日。一日，他见自己无意中乞讨到了丈人家，羞愧难当，一头钻到灶中至烧死都不出来。玉皇大帝知道此事后，认为张生能回转心意、知廉耻，未至坏极。玉皇认为张生既然死在灶锅底，即封其为灶王，管理粮户。

按照西府风俗，祭灶这一天是蒸年馍、烂臊子的好日子。这一天，家庭主妇要蒸灶花（祭祀灶王的面食造型）、蒸年馍、烂臊子、烙灶干粮（一种圆形的厚面饼），备足过年用的馍、臊子、油炸豆腐、花肉……一家人齐动手，孩子们帮忙打下手，烧火、送水，大人们和面、切肉，忙前忙后，主妇则会拿出最好的技术、最好的创意。蒸面牛，期寄吃了后人能够力大如牛；蒸面鱼，期盼着年年喜庆有余……一家人尽情地发挥着对生活的理解和畅想、希望和生活的心劲，沉浸在即将到来的新年的喜悦和期盼中。这一天，家家白面馍飘香，臊子的浓香在村子中飘荡扑鼻，满村是年的香味，满西府都是浓浓的西府年香。

祭灶这天，要在蒸好的最满意的灶花上掐一小块扔进灶锅，意为飨于灶王，为灶王的"上天言好事"送行。掐过的大灶花被请放在灶膛祭板上，意为献给灶王作为去面见玉帝的礼品。从腊月二十三送灶王"上天言好事"，到三十正午前重新被请回安放在其神位，中间总共要整七天时间。也就是说，灶王向玉帝当面汇报一次来去得整整七天时间。

安放在灶膛祭板上的大灶花，古怪、新鲜，点缀在上面的红红绿绿的色彩一下子把年的喜庆浓浓地散发出来，让人感觉到年的呼之欲出。这个大灶花，凡人是不可随便吃的，只有到了新年的农历二月二龙抬头日才能取下来，每人掰一块大家共同享受。

大人小孩在祭祀灶王的这天，讲究捧一块像满月一样圆圆的灶干粮，品嚼一年勤劳、丰收仓满的味道，品嚼着愈来愈浓的年的味道。

在西府的祭灶日，你不用刻意寻找，年的味道会扑鼻而来!

年，弥漫在西府的村村寨寨、家家户户。

震 撼

天灰蒙蒙的，阴冷、压抑，看不到太阳的踪迹。街道上的人们穿着厚厚的棉衣，行色匆匆。

我漫无目的地走着。街上的人本来就不多，灰蒙蒙的空气更让人有一种无奈、压抑和寂寥。

一个小巷，看起来那么窄、那么丑。

一声吆喝传来："卖煤球来！"清脆、响亮，带着浓浓的口音，显然不是本地的，口音很陌生。

转过弯，不到30步远处有一辆卖煤的三轮车。蹬车的是一个看起来年龄有40左右、脸色黝黑的男人，瘦瘦的，身上的衣衫单薄而污旧，他用力地蹬着车，怀中坐着一个两岁左右的孩子，两人脸上都很脏，看来今天已干了不少的活。

看到我，车主似乎很高兴地大喊了一声："卖煤球啦！"两岁左右的孩子奶声奶气地也喊道："卖煤球啦！"满脸的可爱与无忧无虑的笑容。

我被这种情绪感染，笑望着小孩，车主也笑看了下我又喊道："卖臭孩儿啦！"小孩也奶声奶气地喊："卖臭孩儿啦！"

车主低下头在孩子花猫一样的脸上溺爱地亲了一下，嘿嘿地笑出了声，一种没有任何装饰的幸福浓浓地洋溢着。

他又使劲一用力，车子向我身后滑去。"卖煤球啦！""卖臭孩儿啦！"的声音在我的身后交替着渐去渐远……

　　我，被这一幕深深地震撼了。

　　为什么，生活如此艰辛的人却可以那么乐观、快乐、自在，他们欣赏着、享受着生活……而我……

　　我突然记起了两句诗："少年不识愁滋味，为赋新词强说愁。"

　　我被那卖煤者不言苦痛、执着前行、勤奋不辍、享受生活的精神深深地震撼和感动……

　　禅尊说：活在当下。

　　是的，生活，需要以阳光的心态去面对当前的一切，这样我们才会有前行的强劲动力和享受生活快乐与幸福的喜悦！

槐芽济民

——槐芽镇名的来历

北宋时，秦岭之北、渭河之南有一美地：槐树成林、绿荫成片。官府择此地设立驿站，驿以物名，曰"槐里驿"。驿周，古槐环绕，干粗叶茂，蔚为壮观。远远望去，绿海槐林，这也便成为了此驿的地标。

其后有一年，关中受大灾，饥民们食不果腹，饿殍于道。此时，槐里驿的成片槐树，却在暮冬之时一夜绿芽丛生，甚为奇异。灾民于是纷纷采食槐芽糊口救命。更神奇的是，灾民采后经夜，绿芽又生，再采再生，如此多日，危难之中救命无数。

时人以为祥瑞，故更改地名"槐里驿"为"槐芽里"，以纪念槐林绽芽济民之神奇，亦感槐芽救命之恩。

此后，驿周聚民，渐集成市，形成集镇，发展为古镇——槐芽镇（即今陕西眉县槐芽镇）。

太白山下水光热恋

（2016年5月2日晚观太白山夜景喷泉有感）

不要怕人头攒动，不要怕车流如织。来吧，到太白山下，汤谷河畔，看那水与光的精彩热恋织就的一道风景。

在夜幕初降的时节，随着如潮的人流，看这太白山下、汤河岸边那水的灵动和光的呢喃，来看光影的陆离和享眼的盛宴，美丽的太白山音乐喷泉。

先不说那太白碧水、大山的奇绝，暂不说那太白峰顶六月天的积雪，乘着夜幕，先来品赏这太白山下、汤河水岸流光溢彩的美轮美奂，这光与水的热恋。

夜幕下，音乐缓缓响起。在这有着许多传奇的太白大山下，在这汤河古峪口，你听，大山在歌，仙乐风飘：你看，水随乐舞，起起伏伏，左右摆舞。

仙乐入耳，缓歌中水在舞动：忽而一片海蓝如梦如幻，忽而满眼润绿亲如田园，时有排排水柱随乐扭动绰约如一班仙子在舞，时有色彩忽变如五云骤起，时有异光闪烁如彩色闪电。

光在流动中绚烂，水在跳跃中灵动。水色交融，光与水的缠绵，直把这太白山下、汤河古峪演绎得如梦如幻。

激越处，水瓶咋破、铁骑舞戈。忽水柱高高冲天，借风化作彩旗展；细腰激舞，舒展水袖当空练；时如农人庆丰典，激越如把秦腔喊，歌舞也彪悍；时如大唐高殿霓裳欢，恢弘之中色彩绚烂；倾而金色灿灿中火红如凤，飞跃冲天，似凤凰涅槃……如梦又如幻，在太白山下，在这古汤河畔。

舒缓处，犹如仙子羽衣舒广袖，醉了这山水，醉了这如潮的人群！

这里的风，会和你开玩笑呢。忽然一阵，卷来喷泉的雾沫铺天盖地吹向你，清凉、温柔，五彩的梦幻在抚摸你呢。

在这明月之下、在这太白山口、在这汤河之畔，你与水有了一次亲密的嬉戏。

水的舞动，光的陆离，在这太白山下、在这汤河的谷口，演绎着他们激情的热恋。

一曲《说唱脸谱》乐起，水雾上竟有一个又一个的戏曲脸谱，引来阵阵欢呼，喝彩不断。

你的喜悦、他的兴奋、他们的喝彩，如春花的奇香，浓浓地弥漫在每个人的心间，暖融融地弥漫。

曲终舞罢，仍流连忘返，期盼着再次上演，好再感受那山唱水舞的仙乐梦幻。

来吧，到太白山下观喷泉，一饱那美轮美奂的盛宴！

我们的"复习狗"

（听老师和同学们讲的一个关于狗的小故事）

那年，在经历了昏天暗地的高考之后，我只有进行"高四"的拼搏，以期为自己以后生命的精彩攒足了劲。在开学后的第三天，有一只小巧漂亮的狗出现在教室，一身长长的土黄色毛，但却干净、舒爽。

这只狗似乎很懂事。尽管陌生，可它却很乖巧，谁都可以抱抱它、逗逗它，它似乎爱这里的每一个人。

起初，上课的铃声一响，它就跑开去。后来，它先是上课卧在教室门外，下课和学生们玩；再后来，是上课铃声一响它就从玩者的怀抱跳下，过去静静地蹲坐在讲台边，神情严肃地望着我们唱歌。老师讲课过程中它会一会儿望望我们，一会儿望望老师或黑板，俨然一个认真的学生；下课后，它会溜达出教室在院子与大家玩，吃吃同学们的零食。开始，我们感到好笑。可几天过去，摸底考试，一次次段考等压得我们无暇顾及，它也一如我们的同学一样一天一天、一月一月与我们互相陪伴。不知什么时候开始，我们叫它"复习狗"。

我们东校区那12个班的老师、同学没有不知道"复习狗"的，偶尔它不在，老师也会问一句"复习狗"怎么没来上课？于是同学们的眼中会有一种别样的感情。

后来，我们一直想弄清狗的主人是谁，可一直在忙忙碌碌中也就没有结果。

高考结束后，就再没有见过它。有同学曾专门到学校等过几天，可始终没有见到那只可爱的、陪伴了我们高三复习生活一年的"复习狗"。

到了开始填志愿的时候，有人说那狗是我们班那个从城里来的女同学的，狗现在随她回了城里；也有人说是一只无主的狗，是大家的热情和爱心留住了她。

有人向老师求证狗的来由。有个老师很动情地说：如果人真的有今生来世，那这个狗的前生一定是一位学习刻苦的高考落榜生！

怀念我们那不知现在何方的"复习狗"！

在这寒冬季节里，真想为她唱首歌《你那里下雪了吗》。

北首岭素描

早就听说北首岭了!

她用7000年的尘光,涵养着人类文明的亮窗。

她就像一幅素描的画,朴素而又本真,原生态地记录下了一幕幕7000年前宝鸡人生活的画面。

在金陵河西岸、陵塬东北的台地,北首岭,朴素地记录了一束史前文明的光辉,灿烂了中华民族的年华。

7100年前的北首岭,清澈见底的金陵河绵绵欢流,水里,肥鱼游荡、水草飘摇;高高的台塬上盛林修木,麋鹿野兽出没其间,古人类的一支来到这里择地而居,猎兽捕鱼、制陶生产,随日落月明而起居。站在台塬南望,不远处的渭河荡着清波,蒹葭摇曳,唱着渭水的歌谣。这支伟大的北首岭先民们在此渔猎劳作,创造着人类文明的曙光!

面宽浓眉、鼻梁挺直、下颌微圆,这就是7000年前的宝鸡人的素描。尘光,黯淡了浮华,却蕴亮了北首岭人7000年的面庞。他以7000年前的目光注视着今天宝鸡的靓丽与浮华,神秘而又慈祥。我常想:这张陶制的面孔是那"领袖像章"还是闲来的自我画像?这,还要探寻那厚重尘埃下的故事!

刘俊康馆长热情的讲解,就像是在讲着自己家族里的陈年往事，洋溢着的是对这片土地的热爱和对事业的激情。他对每一件器物的讲解就如同讲述自己的一个孩子，不用思索、不用回忆，随口而出，讲起来是那么的一往情深！

蒜形陶壶，国宝级文物。是谁，在蒜形陶壶上画了一只水鸟，却把鱼的尾巴紧紧画进鸟的嘴里；是谁，让鱼儿欲逃，一逃就逃了7000年。7000年前北首岭的艺术家精心渲染的"鱼鸟相争"被定格在了蒜形壶上，鸟嘴的力量、鱼的扭动欲逃，活灵活现地展现在这只壶上，静止中满满的动感。那场面虽小，却也惊心动魄。我们感叹于先民们对生活的那种热爱、观察和对艺术的领悟与追求，即使在近7000年之后的今天也令世人赞不绝口。此壶被列为国宝级文物！被称为"鸟衔鱼纹蒜形壶"。

刘俊康馆长讲解"网纹船形壶"时特别兴奋，热爱、自豪之情溢于言表：2008年奥运会上，此壶作为新石器时期唯一的陶器代表出现在了北京奥运会的开幕式上；2012年，荣登《中国博物馆》封面；常常出现在中小学、大学美术教材上……它以精致的船形造型和两侧腹壁上的网纹震撼了世界。7000年前，我们的祖先已经以船行于水上，以网捕于河中，创造和丰富了中华民族的文明内涵！看着网纹船形壶，我们似乎可以看到：宝船早晨挂网而出，期望满满；宝船晒网而归，鱼已满仓。7000年前的北首岭人，将满怀的对生活的期望，书写在了陶壶之上。其20世纪50年代出土之日，便将中华文明的曙光定格在了7000年前。

北首岭，有最早的城市发展的雏形。经过考古发掘，那一片足球场大小的场地，就是7000年前的大广场。大广场的西边，背靠高原，有一个特大的房址，坐西朝东，面向太阳早出的方向，朝着水草丰茂的金陵河谷，门前就是这个大广场，四周所有的大小不一的房址门的朝向、葬式的朝向都指向这个广场和大房址的方位。周围的一切如"众星拱月"一般，紧紧朝向同一方向。我们可以想象：那时，大屋中住着的是这个以女性血缘为体系的部族中最有生产生活经验、家族人力旺盛、劳动力充足的部族"老奶奶"和她的家族成员。她有这个部族的管理权，门前的广场便是部族的大事讨论、决议的场所。那些小点的房址，则是以女性血缘为体系的母系小家庭的住所。那规整的布局，让人很难想到7000年前的"北首岭"人已经有了城市布局设计规划的初步思想的曙光。

7000年前有英雄。M17墓葬是一个独特的墓葬，这里躺着的是一位成年无头男性，代替他的头颅的，是一个华丽的、装饰特意的陶罐。从M17的随葬物品丰富和单独而葬，且葬在广场东、隔广场与大房址东西相望这些信息来看，他就是这个母系部族的功臣和英雄，是为部族作出特别贡献的人，或是部族交战中舍身赴死的英雄、或是在重大关头舍生取义的功臣。素描般的华丽，让我们更加明白：英雄代代有，历史传精神。正是几千年来中华民族的精神不灭，才有今天的辉煌与绚丽。

依据考古发掘复原的7000年前的房屋，是半地穴式，上方尖顶，下部四方，呈锥体。每个房子，不管大小，门口都有一个火坑，据说是冬季取暖、平时保存火种的地方。这个火堆，使我想起了家乡的一个风俗：谁家小孩啼哭不止或是有病时，奶奶们就会在自家门前用干净的麦草生起一堆火来，抱着小孩，口中念念有词，跨过去跨过来的几趟之后，小孩的状况往往会好许多。我想，奶奶们生在门前的那堆干净的麦草火的远脉，可与这北首岭火堆有关系？民俗的很多东西，就是这样隐藏着一些远脉的信息的。

北首岭参观后的好多天，我的脑中充满了许许多多素描般朴素的场景：北首岭人的生活、生产、艺术……想着想着，我仿佛也就在那茂密的树林间，兽皮为衣、手执木棍，围猎着走兽；也就那样撒网为渔，享受着收获的喜悦；也就那样坐在金陵河畔，看那鸟将鱼衔；也就那样行走在渭水岸边，看渔歌唱晚、花开花落……

花开花落了几千年，人们终于掀开了北首岭史前文明的窗口，让那7000年的光耀，闪烁在北首岭上，闪耀在华夏文明的星空！

来吧，在槐树园，让诗意与远方相伴

（2016年3月25日闻听将在槐树林公园举办眉县首届"新春诗会"，有感）

古往今来，名士贤达，无不以华辞美句对春咏叹有嘉。

一句"云想衣裳花想容，春风拂槛露华浓"道尽了按捺不住的春机勃然。

一句"野火烧不尽，春风吹又生"千百年来传唱不衰，为"小草"们唱出顽强和希望无限。

一句"更能消几番风雨，匆匆春又归去。惜春长怕花开早，何况落红无数！"让人读来怦然心动、惜春之情涌满心头。

春天来了，勃勃生机；春天来了，希望满满；春天来了，诗意篇篇。说不尽的春美如幻，道不完的春满田园。

一场春雨，为春天洗却一路的尘烟。桃花艳红了脸，李枝露出玉颜，海棠绰约浓妆扮……这一切，在关中的大地，在滨河的槐树园！

来吧，或歌春光里的青铜光耀；或咏"四为"一脉相传；或唱瓜果满田园；或叹平阳阁楼渭水畔；或赞勤劳的儿女谱新篇！

来吧，携来诗意一篇篇，让阳春白雪光耀诗卷，让俚语俗渴也唱响心愿。只为，把美好的春天浓浓地相伴！

柔梳柳絮风中舞，春醉万物竞风流。小草、麦苗、果芽、大树、花枝都铆足了劲尽情地或是绽放或是高长。如不断创新、不断向前的32万眉坞儿女!

　　来吧，槐树林里见，不论风雅，无关雅俗，只把春日里的心曲、只把春日里的醇眸所见，凝结成句句诗篇，传递于唇里齿间，把一腔爱恋轻轻地揉碎在浓郁的春天，让诗意与远方相伴!

醉在深秋

秋风醉人，醉的是那天高云淡的清爽，是那老松衔月的清明。深秋醉人，醉的是一个从里及外的美艳！让人看在眼里，醉在心里！

枫叶红了。红得剔透，红得艳丽。在这深秋的时节，开始还是点缀在一片葱绿中的星星点点，过了几天，那一面坡上、那一道梁上、那一座山上，一团一团如火的红像变魔术一样冒出与碧绿间之，相伴于橙黄彩染，像醉了的笑脸，红扑扑的。

那透透的红亮，如婚礼上的喜庆，浓浓地醉了自己，也醉了那一双双的明眸。那红，像熟透的苹果，像婴儿额心的喜庆，醉在脸上，醉在心里，直把一个"霜叶红于二月花"的美艳尽情地渲染。而那黄澄澄的叶子，如丰收的鼓点，则醉了满心的清爽和期盼。

一片片如针的麦芽，头顶着剔透的露珠，就像心中的梦想般晶莹，醉在了深秋的蓝天和白云之下。只几天时间，小芽儿们呼朋引伴，一大片一大片齐楞楞地窜出地面一节，织地如毯，把大地装扮得如绿色的海，给这浓秋的季节增加了柔柔的、绿油油的希望和顾盼的享受。这绿，醉红了枫叶，醉黄了那朵朵的秋菊。连那树上的柿子，也醉得晶莹透亮呢！

秋雨，似乎也醉在了这浓秋的美艳中，淅淅沥沥，八九天了，也舍不得离去，似乎忘了时日，忘了季节。是醉在了红腮粉面的苹果香里，还是枫红菊艳里？或是嫩绿娇美的麦苗的希望里？说下就下，说八九天不走就不走，淅沥如织，织着浓浓的醉人的诗意和期盼。

雨过天晴，再看那天，高远而蔚蓝；那云，纯白如棉。蓝天是白云的舞台，白云是舞台上最活跃的演员。那云，一会儿如天狗吠月，一会儿如蛟龙过海，一会儿像巨石列阵，一会儿似两军对阵，不一会儿则又成了热热闹闹的普天同庆，只让人觉得这深秋的天空这般气象万千，多彩如虹。蓝天白云似乎偶尔也会耍些小脾气，一会儿云淹晴天，你藏我窥捉迷藏；过一会儿又是蓝天白云、日光灿灿。偌大的一个舞台，蓝天之下只由着云的性子肆意地表演，让人陶醉。

在这醉美的季节里，果农们也醉了。猕猴桃成熟了，苹果红艳艳，价钱不错。摸着鼓饱的口袋，一个个只乐呵呵地，那高兴，满满地写在脸上，也有些醉在其中呢。

农人看着一天天长起的麦苗，说：雨水足，地墒饱，出苗齐，好苗兆丰年呢。满满地醉在那深深的期盼里。

再看秋风吹过，绿绿的希望、红红的欢畅和那丰收的喜庆，真是景不醉人人自醉，醉在这深秋的季节里！

得石记

　　河滩漫游，心旷神怡。远有沙洲，四面环水，奔流汤汤，迎清风远眺，自目爽心清。白鹭立戏，莺戏碧空。洲左飘风，芦荡苍苍，兼与鸟鸣，如歌如吟。

　　踩石急跳，跨水登洲。艰难前行，惊飞莺鹭。对岸游人，隔水相呼，南北致意，眉眼俱清。忽脚下一歪，瞅见丑石。起而观之，细而赏之。似一海岛，底大顶小。环岛有岸，中有小山包突起，周布陡坡，坡有急缓。陡者，悬崖峭立；缓者，似可登攀。急缓有致，气象万千。细观之下，坡上沟壑巧布，或如半山出泉，缓流而下；或有崖上水湧，飞瀑珠帘；或有绝壁水出，逶迤转折。倾耳静听，似闻水声，或涓涓低吟，或汤汤欢歌，或坎坎畅鸣，高低不等，令人陶醉。唯山顶平整如镜，不着一物，甚为奇异。

　　余观之有海岛异奇之气，或谓有山川俊秀之美，有曰凝洲岛神来精华。即收回家中，洁而摄之，发布微信，朋友点赞者众，则知其确有日月奇异之气，珍而贵之，逾赏逾见其奇。

　　观之久矣，恍觉山顶平台似有茅舍炊烟，鸡鸣犬吠，山腰白云缭绕，水流潺潺，片片田园，美如图画。心岂不爽美！

　　人爱一物，必期其愈美。自然之物，弃之荒野，一顽石耳，爱之，择收于家，好心呵护，嘉之于精神，神形兼备，则俞美！爱心使然。

　　石且如此，况人乎？

　　退而为文以记。

游 "梦泉寺"

那天下午，和几位朋友去参观了久已听闻却一直未能谋面的"梦泉寺"。

到小法仪街西，南拐进一条岔路，便有一座古寺进入眼帘，这便就是"梦泉寺"了。

"梦泉寺"坐南向北，背依雄浑的小法仪塬，而小法仪塬紧紧依偎着钟灵琉秀的秦岭北麓，寺址深得秦岭灵秀之气。

紧挨"梦泉寺"东有一小亭，紧挨小亭东南有一潭清澈见底的圆形水池。

进得寺内，寻石问碑，了解了"梦泉寺"寺名的来历才得知"梦泉寺"寺名还大有来头。

说是在唐贞观十八年某日，历尽磨难的唐僧玄奘大师西天取经东归，行至一处名刹——塬头寺，见天色已晚，便借宿寺中。

这天夜里，月去未出，繁星满天，点点闪闪，有种深邃悠远的神秘气氛。玄奘大师抬眼观望，感觉着日近长安的星空的美妙和那份久违的亲密，随合十胸前，深深地为大唐的兴盛繁荣和黎民众生的安居乐业而祈福祝祷。

看窗外繁星点点，耳听山谷风拂林梢的欢歌，心想来日扬佛弘法的美好愿景，玄奘大师竟久不能入眠。

恍恍惚惚中，玄奘大师进入了梦乡。他梦见寺中一处突有泉水喷涌而出，长流不止，且泉水甘醴如饴，怡养着周围信众。

第二天醒后，梦中情景历历在目，于是玄奘大师来到梦中涌泉处，侧耳细听，可见汩汩水声仿佛由远而近传来。细品其声，汩汩如乐，长长短短；绵绵如梵，悠悠远远；切切如诵，执着毅然。大师走进大殿，恭拜佛祖，感恩佛祖一路的眷顾和开示。

翌日临行，召寺主开示："塬头寺"改为"梦泉寺"，与众信同享佛祖对众生眷顾之美意。

玄奘大师走后，寺主即召集人等在玄奘梦中涌泉处稍作开凿，便有泉水喷涌而出，长流不止。品之，的确甘醴如饴，有醉人之感。随众信的口口相传，十里八乡来此品泉，承蒙佛德。一时品泉者竟人流如涌，络绎不绝。

为广施佛恩，寺主便组织时人引水出寺，并在寺旁建一圆形明泉，以飨众信。

从此，梦泉寺便因这段美丽而神奇的故事在关中寺院中声名渐彰。

这就是"梦泉寺"寺名来历的故事。

这个美丽而又神奇的故事让我们兴奋不已。后来我们也知道了：寺院东墙外亭子下的泉眼即为涌泉处，那个圆形水池即为明泉处。

站在明泉与涌泉间，忆刚刚读过的金石之记，仿佛还能听见汩汩涌泉重唱1000多年前的欢歌梵音；明泉中青蛙的叫声此起彼伏，仿佛是在争相发言，急着告诉来此的人们这段美妙神奇的故事；小鱼在涌泉与明泉中自由自在地游来游去，让我对生命有一种和煦、坦然、恬淡的理解。

我们也有幸瞻拜了1999年农历二月初十，在今寺西南角之塬头出土的三尊无头汉白玉石佛坐像（现已修复）。据记载，其中一尊佛像底座两边分别刻有"眉县太白乡教坊里小法泥""成化十九年三月一日造像"字样。这对寺院历史的考据和研究有着非常重要的意义，同时也彰显了古寺昔日香火缭绕的盛况。

天色已晚，怀着兴奋与不舍，在一片七嘴八舌的蛙声中，我们离开了这座古老而拥有神奇故事的寺院。

梦泉寺，那美妙神奇的故事，像喷涌的清泉，清爽着人们的身心，浸润着人们的心田！

"宝鸡文学网第三届年度文学奖"散文奖获奖感言

对于获得宝鸡文学网第三届年度文学散文奖，麻雪秘书长在会上宣布之前，我是没有任何思想准备的。

当麻雪秘书长宣布到我名字的时候，我真真实实地感到了自己心跳的节奏！

2013年5月，我在槐芽中学工作。一天，在工作之余，受一位老师相邀，我们参观了附近的清湫太白庙和庙里的"宝贝"：一通北宋至和二年（1055年）的"封济民侯之敕"碑。

我被碑文中记载的960年前的故事深深地感动，于是写了一篇《眉县敕封碑的故事》。出于对历史的热爱、对碑文中人物的敬重，怀着急于同大家分享故事的想法，第一次将这篇文章投到了《宝鸡日报》副刊。

没想到的是，很快有一位编辑通过投稿上的电话联系上了我，他核实了文中相关情况，并鼓励我多关注这类题材。编辑老师的严谨也使我肃然起敬，他的鼓励使我有了再搜集、再投稿的冲动（很久以后，我才知道了这位编辑老师的名字：董建敏）。

两天之后，这篇文章就发表在了宝鸡日报的副刊上。

自己的文章第一次发表，心中的激动不言而喻，这一次发表，使我有了信心，写作成为我的一种爱好，也成为我走上文学创作道路的引领，我从内心的深处感恩、感谢《宝鸡日报》副刊！

后来，每有感触便写下来，渐渐也就多了。一段时间后，就感觉到了自己表达方式、结构章法等方面的困惑。

2015年8月，了解到"宝鸡文学网"平台，于是注册了会员并将所写文章上传。很快，就有了文朋诗友的指点、评论，文友们诚恳地指出文章的不足，热心鼓励我发展自己的长项。热心的指点、坦诚的交流，让我受益匪浅！

后来我又加入了宝鸡职工作协，成为市职工作协的一名会员。在职工作协组织的多次活动中，我又认识和遇到了好多文学大家，受到他们的指导和指点，这使我有了不小的感悟和进步！

这次获奖的散文《北首岭素描》，就是去年6月市职工作协组织的北首岭遗址采风后创作的。

就作品而言，我常常感到自己的文字就像儿时随手摘来一片树叶做笛的嘀嘀呜呜，不成曲调，尚显稚嫩。

作为刚刚走上文学之路的新兵，我深深地感谢、感恩每一个扶持着文学梦想的平台：宝鸡日报副刊、宝鸡职工作协、宝鸡文学网和每一位为此默默奉献的人！

感谢、感恩这么多年来朋友们对于我文学梦的引导、扶持和鼓励！

说了这么多，我只想表达的是：感谢！感恩！

在今后的前行路上，我一定会倍加珍惜、感恩，不断学习，不断进步！

附录1：

颁奖词：《北首领素描》是一篇记述北首领遗址的游记，北首领是早于西安半坡遗址的一处史前部落遗迹，作者运用生动的语言还原了一副7100年前原始部族打猎捕鱼、刀耕火种的生活场景。这篇文章主旨宏大，很有气势，富有想象力，诗歌化的语言，使静止的文物有了生命。

附录2：

第三届"宝鸡文学网年度文学奖"获奖名单

（2017年5月20日）

诗歌奖：

庄波　《立春》

杨鹏飞　《羊肠小道》（外一首）

散文奖：

杨国鹏　《灵魂住进麦子里》

杨烨琼　《北首岭素描》

中华诗词奖：

白云飘飘　《谁约琼妃下玉台》3首

贯愚之人　七绝《桃花绽放韵春诗》6首

小说奖：

至秦　中篇小说《刚娃》

文学评论奖：

陈朴　《新世纪汉语诗歌的无限可能性》

奉献奖：

张瑞敏（千叶无声）、薛九来

思　雪

　　雪是冬天的灵气。冬雪飞扬，是冬天飞扬的灵动之气和浓浓的诗意。

　　古往今来，农人们对雪素有情怀，"雪作冬禾被，瑞象兆丰年"，他们期盼的是丰收的瑞兆；文人雅士们对雪也是咏赏有嘉，"谁将平地万堆雪，剪刻作此连天花"，丰收的瑞兆在诗人的眼中美得如同一幅博大连天的美画。

　　然而，雪，对于今冬的眉城，竟然成了只存在于期盼中的无缘。

　　入冬后仅有预报的两三次雪天，眉城的天空或者是短暂的雪花飘空、落地成雨，不见雪的踪影；或者是周边下雪，眉则阴天，偶尔几滴零星雨雪，也算应付了电视上的预报。不要说一直盼望的"忽如一夜春风来，千树万树梨花开"的盛大景象没有如愿而至，就是一场白了地面的小喜也没一场。

　　朋友圈中说西安下了雪、太白山下了雪，电视里说北方下了大雪，我就纳闷，同在关中，太白山都下了雪，太白山下的眉县为什么不下雪？北方下了雪，眉县怎么不下雪？难道眉县是南方？人说"干冬湿年"，那俗语里承诺了一冬的"湿年"去了哪里？干了一冬，湿年怎么就没有如诺而至呢？

　　盼归盼，怨归怨，一冬几无雨雪，正月照样干燥。记得正月初十左右，电视上预报有雪，晚上就禁不住做了个梦，梦见一夜漫天的大雪，真是"忽如一夜春风来，千树万树梨花开。"一片白茫茫的世界，孩子们在雪地里追逐、欢舞、打雪仗、堆雪人，欢快极了！然而早上起来，却只看到小雨湿了地面。

做医生的朋友说最近忙坏了，天气干燥，上感病人太多，他说老天该好好下上一场雪了；庄稼人说地里太旱，急需一场雨雪下个透墒……

可今冬偏偏就是没有下雪。自己的心里就对雪有了深深的想念和期盼。多想享受一下"坐对韦编灯动壁，高歌夜半雪压庐"的爽心和孩童雪里欢闹、农人望雪欢心的美景。

心里，盼着一场皆大欢喜的雪！

石头城畔赏雪景

前几天，有朋友去了位于太白县陆平沟的石头城，发了微信，看到瀑布成冰柱，白雪、石头相映成趣的美景，便动了心，想着一冬未与冰雪谋面，何不去寻一回冰雪美景，好不给这个冬天留下关于冰雪记忆的缺憾。可一直没有机会。

正月十五早上余兄联系，相邀去石头城赏冰雪美景，欣喜同往。

从眉城出发一路前行，直到白云峡也未见到雪的踪迹。车一进白云峡，便发现在阴坡处，有了雪的踪影，稀稀疏疏，似有似无。

出白云、越桃川，雪的踪迹越来越多，公路南不远处阴坡边的地里、房顶上薄薄的一层白的踪迹。过桃川不久，车子左拐向南，朝着路标所指的石头城景区方向前行。

行不远，两边地里便是土地的黑色夹杂着雪白。渐往前行，水泥路面上雪厚冰滑，只得在一户人家处放好车子，步行前进。踏着路上的冰雪，如踏行在一条玉带之上，脚下的雪发出了咯吱咯吱的欢唱，不到四五分钟，便到了石头城。

在石头城边，一冬未见雪的我们见到雪，简直欣喜不已，在雪地里打滚、打雪仗，高兴地拍照留影，或站着，或直接坐在雪地里，或趴在雪地里与雪亲密接触，摆出各种不同的pose（姿势），与今年第一次见到的实实在在的雪来了一个亲亲密密的接触和留影存记。

石头城景区就是因为这个石头城而得名。它是一个用山间石块堆砌而成的四方城，每边长30米左右，城墙高两三米不等，墙上面宽3米多。城墙的西墙和南墙的西段有损坏，城内建筑已不见踪影，只余一个边长30米左右的四方形建筑台基位于城内正中。一棵粗壮的核桃树立于城内南城墙边，枝干繁盛。南城墙东段之上的石头缝隙中，一棵直径约20公分粗的松树高高直立，叶绿干粗。让人看到历史的古朴和生命的顽强。

站在南城墙之上向北望去，石头城在雪景中显得别样的景象。洁白的积雪，雪地上的树木、露出的地面，黑白相间，如洁白宣纸上的写意画，别有一番韵致。

关于石头城的来历，是这样的：清朝初年，一户姓何的财东为防御兵匪祸害，花费七斗七升白银在陆平沟口营建了这座城堡，以保全家人家产。

石头城，处于陆平沟口不远处，北向不远即为褒斜古道，通衢便利；南向，经陆平沟直通大山深处；东西两边两山相夹护卫；一溪清流从东城墙边径流而北。地理位置非常优越。小扰，可据城自保；大灾，即可退守深山，据险保全。

据说当时石墙上尚有土墙护卫，有瞭望台、防卫台等设施，城堡内为住房。这些设施，现在早已荡然无存。据说城门前原来还有一对石狮子，也在20世纪60年代被人移走，现唯余一圈残缺的石头城墙和满城的枯草向人们诉说着那久远的历史。

在石头城边遇见的雪，是猴年冬与鸡年春的梦想和心底里的期盼。

寻访玉女潭

　　玉女潭是一处古迹，位于麟游县城南10公里处的鱼塘峡。

　　听说玉女潭，已经是好几十年前的事。当时听一位打猎的老人讲玉女潭的故事，甚是神奇。

　　在很久以前，秀美的麟游山中有一处幽美之地：小瀑布飞珠溅玉，一潭清水如绿碧，两岸山石峭立，绿树掩映。更为神奇的是，因为潭底有一宝珠镇守，瀑布一流入潭中，水温总是冬暖夏凉，舒适宜人。即使在冬天，水温也总是温润舒适，让人感觉不到冬日的寒冷。

　　这方宝潭引得西岳华山的神女——玉女常到此潭中沐浴梳洗。这个秘密后来被猎户牧童偶然发现，人们便称之为玉女潭。

　　后来说有不义喇嘛来此，施法盗走镇潭宝珠，只空留下了青山绿水景色秀，那水就再没了冬天宜人的温度。

　　因了美妙神奇的故事，多有拜访之意。然而不是因为交通不便，便是因为琐事缠身，所以从听到故事至今的几十年间，竟只能心向往而无机缘一睹其尊。

　　那一天，我们一家三口早早准备，驱车前往美丽传奇的玉女潭。

　　玉女潭之名，传之久远。据志载，隋文帝曾在此宴请观涛；武则天在此沐浴赋诗："山窗游玉女，间户对琼峰，岩顶翔双凤，潭心倒九龙。酒中浮竹叶，杯上写芙蓉，故验家山赏，惟有风入松。"杜甫游过玉女潭也留诗云："绝谷空山玉女潭，深源滚滚出青莲。冲开巨峡千年石，泻入成龙百尺澜。惊浪翻空蝉恍若，雄风震地鼓滇然。翠华当日时游幸，几度临流奏管弦。"山色秀美，景观奇绝，尽显诗中。

现在的眉麟公路整修一新，不到一个小时，我们就在导航的引导下来到了玉女潭路段，公路右边有一个极其简易的可供停车的空场，左边有一条不足两米的土便道沿沟畔斜向沟下延伸而去。下了公路沿小路走不到20米，看见了书有"玉女潭"三字的标示碑，这让我心中顿有些如见尊容的小激动。对着妻女说道：就是这里了！

两根竖起的水泥柱子和左侧的一间房子构成了景区大门。房子的留有售票的窗口，只是门阶处、四周围遍是荒草，门窗破旧，看来似乎已经弃置很长时间了。

沿路向沟下斜穿而去，一树山桃吸引了母女俩，我一再催促之下，才又前行。拐过一个弯，我们不约而同地被眼前的景色吸引：一只鸟儿从地而起，从我们眼前飞过，其背为灿灿金黄，腹下红色如火，尾灰蓝相杂，身有七彩之色。女儿惊喜之后，埋怨我走得太急，惊吓了美丽的鸟儿。她说如果我们走慢点，说不定就不会惊了鸟儿，就会有更长时间欣赏。

我告诉女儿，这叫红腹锦鸡。还告诉她，几年前当我第一次见到红腹锦鸡就觉得红腹锦鸡与凤凰是那么相像：身有七彩的鸟！红腹锦鸡似乎就是人们心中凤凰的原型！

寻访玉女潭，见到了凤凰一样身有七彩的瑞鸟。美地有美物，我们心劲大增，便一路向前。

到了河边也就到了沟底，路只剩下了只可行走一人的窄窄的小道，我们心里想着，见到了河，玉女潭可马上就到了。

走了不到50米，小路前方需横河而过，河水潺潺有声，清澈急流，如在催促，似在快语。是催我们急行，还是告诉我们玉女潭的掌故、传说？河里顺着路的方向摆放了一溜不连续的石头，这是方便涉水而放的列石，于是我们踩石而过，走不到几十步，前面一下开阔起来，一片开阔的草地。四顾望去，仍然没有见到玉女潭的身影。

过了开阔地，路向一人多高的草丛间伸去，向前望，窄窄的小路似有似无；环顾四周，峭壁耸峙，如排排威严的军士披甲执锐，气势蔽日；奇峰突兀，如怪兽前冲，似蹲狮仰望、如虎踞临空，阵阵风拂林木，声音奇异，倒让人心生荒寂孤怵之感。爱人和女儿有些胆怯，尽管脚步向前，嘴里却一再催促返回。

突然，耳边传来了咕咕的流水声，我说：你们听，有水声，可能到了。并承诺说：到水声处，如果再没到，那就折回！

于是再往前走，好不容易钻出一人高的蒿草地到了水声处，一看，原来是又一条急流的小河横在前路。沿着似有似无的小路向前方看去，周边平平，从地形上看似乎也没有一个可以产生落差形成小瀑布的可能和形成大水潭的条件。看来，要到玉女潭可能还要转过前面山沟的大弯处，距离不会近。

爱人和女儿一再地催促返回。既然已承诺在先，那就返回吧。在返回的途中。女儿惊喜地发现了一棵李子树，只见李子青涩，挂满枝头。

一只小松鼠也在一棵核桃树上急窜。女儿悄悄说：别说话、别动，照相！这时松鼠突然停下来，像摆造型一样前腿蹬直、后腿曲蹲，一个前窜的姿势一动不动。我们说：小松鼠做了一回模特。

一路踩列石，过小河，沿原路返回，爬坡而上，终于到了停车场。

爱人和女儿说：下回再来吧。听得出她们有很多的遗憾，也有深深的向往期盼。

下回就下回吧，人一生当中难免会有一些事情受到周边的许多因素如天时、地利、人和等影响而不能尽如初愿，但此过程往往有好多触动人心的收获。

这就是不求结果，享受过程。如果过多地看重结果，往往会使功利的成分加重而失去过程的享受。

回到车上，我用手机写了《寻玉女潭不遇》："陡坡小径寻芳踪，不见玉女露尊容。蒿草遮径前无路，远听小溪流水声。"

女儿高兴地相和《寻潭不遇》："尚闻潭间有玉女，寻芳踏迹喜开颜。野草遮径幽林里，人面桃花不得见。"

八句文字，虽与格律尚有差距，然而，那一字一句，却是发自心底的声音，是深深的愉悦或者缺憾、期盼！

虽然没有一睹玉女潭的幽美，但这更增加了我们下次探访的期望。人，未得到就会有更强的期盼，此是常情。况且如此有历史、有故事、有传说的优美之地，就更有常驻心中、急睹其颜的冲动！

缺憾，有时也是一种美！就如无臂的维纳斯！

下次见!维纳斯般神秘美丽的玉女潭！

大　师

　　大师很有名气。

　　大师说他是研究国学的，比如《弟子规》，比如《二十四孝》等等。

　　大师就是大师，一眼看去就很不一般：一身上下一色、印着龙纹图案的中式对襟衣服，宽大的脑门下的眼镜后边，一双闪着智慧与睿智的眼睛熠熠生辉，看上去和蔼、博识，充满了智慧之气，让人顿生亲切之感。

　　我认识大师，是因大师应邀来单位作的一场报告。大师不愧为大师，报告会上大师讲人生，要人感恩，尊亲孝老；讲理想，让人有责任，不忘家国；讲人际，要人相互尊重，和谐人生……大师旁征博引、纵横东西，听得在场人时而沉思、时而掌声如雷、时而眼含珠泪、时而意气高涨、群情沸腾。报告结束时，索签名者涌阻其路，求电话、求合影者络绎不绝。大师就是大师，不服不行。

　　很荣幸，因公，领导协调让我乘大师的车顺道去城里办事。

　　领导笑着半开玩笑说，坐大师亲自驾驶的宝马车，你多荣幸呀！

　　是呀，看着大师的宝马车，真有点受宠若惊。小心翼翼地坐上车，不敢多说一句话，只听着大师与车上同行的另两人谈论。

　　宝马上了路，只听大师说："这车稳吧？宝马就是宝马，60多万呢！”

"稳！稳！稳！就是稳！值！"另两个人连着应和说。

大师开着车，话题又很快引到了他的国学上。"人要尊重人，不论多不起眼的人，哪怕对乞丐，也要尊重。西方人资助穷人，都考虑穷人的感受，讲方法，不让穷人感到别人在施舍他，这就是尊重，这就是素质！"大师一边开车一边说得铮铮有声，听得我也心存敬仰。

"人人平等！路上的车也是平等的，贵车、便宜车，都是车！在路上，都应当受到尊重，千万不能开个高档车就看不起低价位的车！"我瞬间更生敬仰！

在说话间，车子一路向前。

这时，一辆破旧的红色昌河面包突然急速超过大师的车，向前驶去。

"破面包！都敢超我的宝马！"只听大师狠狠地说了句。我从侧面看到了大师鬓角鼓胀起来的青筋和有些变形的脸，感觉车子也加了速猛然向前冲去。

大师鬓角鼓暴着青筋，一边加速，一边使劲按着喇叭，直到超过了刚超了自己车的那辆昌河面包，并把它远远地抛在后边。

"超我！叫你超我！"大师自言自语。

"就是，小小面包车敢超宝马！也不看看咱这是啥车！"车上的另两人应和道。

很快，他们的话题又回到了大师热爱的国学话题"孝悌人伦"。

我感到如坐针毡。也许，大师的车太好，我还真有些坐不惯……

铁　虎

在村子里提起铁虎，大人小孩没有不知道的。

铁虎是村里的贫困户，也是村里大人们口头里的活教材。家里小孩撒懒，家长会警告："你要学铁虎吗？"铁虎在孩子们心中是穷得可怜、邋遢得让人不待见的主儿。孩子闻听此话会立即说："我可不学他！"于是似乎勤快了好多。年复一年，口传代递，铁虎也就成了大人警示孩子时口头上常常提起的名人。

村里人说，铁虎爸妈害了铁虎。原因是铁虎的爸妈30多岁才得了儿子铁虎，对铁虎百般娇惯宠爱。人说，爱的过了也是一种伤害，此话确实不假。铁虎爸妈当时虽然日子也不宽裕，但对铁虎却是要星星不给月亮，要月亮绝不给星星。

一天一天、一年一年，在铁虎爸妈的这种过度的爱中，铁虎的饭量一天天增加，个子也一年年长高。初中好不容易毕业，铁虎长出了一口气：终于可以不上学了！他认为上学是最无聊的事情！于是坚决不再上学，尾随在父母身边，吃有父母管，穿有父母操心。想去逛逛，伸手向父母要钱，往往是每要必得。

就这样，一天一天、一年一年，铁虎成了20多岁的大小伙，也到了谈婚论嫁的年龄。可铁虎的好吃懒做、无所事事、游手逛荡也名声在外。婚事便也一拖再拖。好不容易说下了一门亲事，在父母

162

的操持下，鞭炮欢响，铁虎成了家。

可好景不长，铁虎成家不到两年，铁虎的妻子再也无法忍受铁虎的邋遢懒惰、任性自私、好吃懒做、赌博成瘾，于是决然离婚。

铁虎不接受教训，反而觉得更自由自在，整日游手好闲、赌博为乐。自家地里的草长得老高他也不急也不管，任其疯长。肚子饿了，蹭吃蹭喝，走到哪步算哪步。有钱了，吃好喝好，不忘赌博。实在没钱，倒也偶尔帮帮临工，挣几个花销，但很快也会挥霍一空。

扶贫开始，村上按条件把铁虎纳入扶持对象，县上安排了帮扶干部。

这下，铁虎感觉有了依靠。老父去世、老母年迈，弄得自己要不来花销。这下可好，有干部、国家管了。他觉得贫困这个词居然有了些"光荣"的味道。所以，尽管春节前帮扶他的干部小马看他可怜就自己给买了米面油送过去让他过个好年。可到了除夕下午小马就接到了铁虎的电话："我没吃的了，你看看咋办？"语气强硬、心安理得！

帮扶的干部小马没少劝过铁虎，没少帮过铁虎干农活，也没少劝过让他力所能及打打工，增加点家庭收入。可每次说到这些，铁虎都装着痛苦的样子说自己有病、自己的眼睛看不清东西，同时表演一番眼看不见、手摸辨别的短剧。等帮扶干部一走，铁虎又恢复了贼亮贼亮的视力！

铁虎80多岁的老母亲现在明白了："我害了铁虎，惯得娃50多岁了，还是个游手好闲的二流子！"

村里人对小马说："你们帮铁虎做得越多，铁虎越不会做啥！"

最近，铁虎听说扶贫政策更硬了，铁虎更高兴，有点想开个庆祝的party。

这不，铁虎有了点钱，全换成了四五箱方便面，这下饿不着了。铁虎眼里，方便面真方便：不洗锅、不刷碗、味道香，随时可以开饭！

昨天，镇上召开扶贫工作推进会，领导要求："……要开展几个一活动，为贫困户洗一次衣服、帮着打扫一次家庭卫生、帮……"

镇上的推进会后，铁虎的帮扶干部小马想了很多，他想得更多的是：下一步，该怎样帮扶铁虎？

立　宽

——扶贫见闻二

立宽是个聋哑人，今年57岁。

立宽虽然不会说话，可他的心里清楚，没有扶贫工作组和帮扶干部，自己就不会脱离贫穷，也就没有自己现在这样开心的生活。

立宽见了帮扶干部就像见了自己的亲人一样，总是把高兴、幸福与感谢洋溢在脸上。

立宽因为家庭和自身原因一直没有成家，随着父母的相继离世，他成了村里的聋哑、孤寡贫困户。父母离去后，身体瘦弱的立宽就一个人孤苦地生活着。作为一个终身未成家的残疾人，生活的艰辛自不用多说。

后来，堂弟看他可怜，收留他在家吃饭，他也在农忙时帮着干地里的活。但随着堂弟家人口的逐渐增加，生活负担也一年年地加重，慢慢也无暇顾及立宽。

村里的老人可怜立宽，一碗面、一碗米地接济，可这也解决不了根本的问题。

立宽心里也难受：自己成了废人，没用的人。他见人就比画指着村西的坟园，两手一合头枕在上面做一个长眠状。意思是告诉别人，自己是一个没用的人，是一个只等着啥时像父母一样长眠在村西坟园的废人。

村里人心中难过，说：立宽心里清楚着呢，可怜！

去年扶贫工作队和帮扶干部研究了他的情况，认为对于立宽，扶贫要救心，让他对生活有信心，让他有信心的前提就是让他感到自己有用。于是扶贫工作组根据实际情况，与立宽交流，征得立宽同意，与一家砖机生产企业联系，将他介绍到这家企业打工。

扶贫工作组与企业多次协商，根据立宽的情况，对他进行了简单的油漆喷涂培训。

立宽学得很快，不久就上手了。他活做得细致、认真，也很得工友和老板的喜欢。

有了工作，立宽似乎就变了一个人，脸上成天是快乐的笑。特别是当他得到老板称赞、领到工资的时候。那种快乐，满满地洋溢在脸上。有为自己成为有用人的欣喜，也有为自己能自食其力的快乐，这些都满满地写在脸上。

立宽不怕吃苦，苦活累活毫无怨言地抢着干，工作中与人为善、乐意帮助别人，得到了工友和老板的喜爱。

厂里还出资为他们进行体检，有工友的关心、有老板的鼓励，还有时不时来看望他的扶贫干部的关心，立宽心里高兴，满脸快乐，越干越有劲。工资也从每月800元一路涨到现在的2300元。一年当中，在扶贫工作组和扶贫干部的帮助下，立宽基本摘掉了贫困户的帽子，生活有了信心，有了生活的快乐。

有了希望、有了信心，立宽生活的劲头也就十足。

虽然立宽不会说话，但从他支支吾吾的比比画画中，我们能感受到的是一个残疾孤寡老人发自内心的感谢，对扶贫干部、对扶贫政策、对老板、对工友、对社会的满满的感激感谢之意。

每次见到帮扶干部，立宽都是一边急急跑来，一边两手在身子两侧的衣服上使劲地擦几下，然后紧紧握住扶贫干部的手，久久地舍不得松开，似乎见到的就是自己的亲人！

扶贫干部的示意问候间，立宽不忘表达自己满心的谢意：拍拍帮扶干部的肩臂，向他竖起大拇指！不会说话的立宽，用自己最朴素的表达，讲述着自己内心的感激和敬重！

立宽的老板也说："立宽心里清楚得很！又勤快、又能吃下苦，我最近又给他加工资了！"

大家望着立宽笑，立宽也不住地竖起大拇指示意着，表达着心里的快乐和幸福。

有工友说："立宽是个苦命人，但却遇上了好政策、遇上了你们这些好人！57岁的立宽也真就立起来了，路也越走越宽敞！你看他，天天喜呵呵地！57而立，前路宽阔呢！"

看着立宽高兴的样子，大家的脸上也都喜得像那盛开的花儿一样！

夜

（一）

好多天不下雨了，乡村的夜晚显得特别闷热，让人心里烦躁。

村头池塘里的青蛙单调的叫声没有一丝停歇的意思，一声一声枯燥而又乏味。

村东头的李大妈孤零零地坐在自家客厅的沙发上已经好长时间了，灯没开，没开空调，没开风扇，就这样黑坐在客厅的沙发上一动不动。

她心里很乱，乱得理不出头绪、想不出办法；她感觉很郁闷：好好的家，怎么就成了这样？她感觉心里很苦：孩子们怎么就一点不支持自己？她感觉，自己的心里，比这燥热的天气还要闷！还要燥！

李大妈今年65岁，老伴大她两岁，有一儿一女。儿子今年46岁，当初大学毕业在宝鸡工作，家也就落在宝鸡。李大妈的孙子今年也已经22岁，马上也就从上海的一所大学毕业了。

李大妈的女儿大学毕业在西安工作并成了家。去年，李大妈外孙女也考上了北京的一所大学。

李大妈和大伯的日子让旁人极是羡慕。

2003年，儿子女儿一合计，拆掉了家里的旧房，盖起了两层设计别致的洋气楼房没让老两口操一分钱的心。老两口乐得合不拢嘴。乡邻们直夸两个孩子懂事有孝心，称赞大妈老两口有福气，养的儿女有本事，老两口享不完的福！

2013年，兄妹又把家里进行了装修改造，家里装上了空调，冬暖夏凉！用村里人的话说："装修的就像宫殿一样。"

村里人都夸李大妈两口有福气。村西头的三婶就极羡慕，常说："你看，这老两口儿女个个有出息。一个西安、一个宝鸡。将来老两口想住宝鸡住宝鸡，想去西安就西安，人家跟着孙子还能逛北京、看上海……"

听着这些，李大妈和大伯常常是乐得合不上嘴。

可最近，李大妈却怎么也乐不起来，总感觉心烦意乱，理不出个头绪。

在燥热郁闷的黑暗中，李大妈的思绪由不得就回到了从前，以前生活的那一幕幕也就浮现在眼前。

（二）

孩子们还小的时候，李大妈两口起早贪黑，养家糊口，孝敬老人，总盼着孩子快快长大。两口子持家辛苦，但心里高兴。高兴的是儿女学习用功，每学期都能拿回学校发的奖状，两个孩子也懂事、体贴父母的辛苦。

后来，到了孩子陆续考上了大学，老两口高兴异常，他们看到了希望，平添了生活的心劲。虽然孩子的学费、生活费也常常使老两口犯难，但因为心中有盼望、有阳光，他们从来都没有畏缩过。李大妈两口子咬着牙艰难地操持着这个家。

李大妈操持家务、节俭持家，养几只鸡，下蛋换钱，年前卖肉鸡贴补家用，还在地头、门边种菜，减少家里的花销。

大伯凭着瓦工的手艺努力打工，拼力挣钱。人说当年大伯在工地上打工挣钱像在拼命，别人休息了他还在干；别人早上刚起床，他却已经砌了一面墙或是已粉刷了一大片；吃饭急急匆匆，放下饭碗就又干起了活；砌墙、杂活，只要能挣钱他都乐意干……别人劝他要注意身体，他笑笑说："没事！孩子上学正花钱呢！"

对于努力奋斗的人来说，好日子终是会来的。

1993年，大学毕业的儿子在宝鸡参加了工作，有了工资收入，老两口的希望在熠熠闪光。1997年，女儿也大学毕业了，工作在西安。一下子，李大妈两口子感到了前所未有的舒心，自己的苦没白吃、难没白受！儿女学业有成，事业阔步。大妈和大伯的心里比蜜甜，真就应了那一句歌词："我想唱歌我就唱！"心里是那么的舒坦、温暖！

自从家里建起楼房，大妈两口生活舒心，日子一天更比一天好。

年龄不饶人，大伯也就在儿女的劝解下，不再出远门干活，力所能及，就在附近干些乡活。老两口和和气气过日子，虽说不是举案齐眉，倒也是夫唱妇随，从没红过脸，日子幸福而快乐！

在那年家里装修期间，村里来了一个老年妇女，宣传一种教义。宣传的是"神爱世人，神给人幸福"等一堆说辞。起初大妈听个一两句，后来听得次数多了，觉得好奇。特别是那老年妇女讲的时候以李大妈家的幸福为例证，让李大妈觉得自己家的幸福就是神给的，要不，在大学那么难考、全村六个生产队都没考几个大学生的情况下，怎么自己家的两个孩子就能一个一个上了大学？两个孩子没有托熟人、没有靠关系怎么就一个能在宝鸡干事、一个能在西安工作呢？这不是神的顾念是什么？

随着那个老年妇女的宣传鼓动，李大妈愈来愈坚信那个老年妇女的宣传，甚至有了相知恨晚的感觉。

于是大妈就认真读起了那个老年妇女送的宣传册。她越看越觉得神就在眼前，天下的幸福皆由神赐！

在儿子对家装修结束后，大妈不顾大伯的规劝，跟着那个老年妇女到处去宣传教义，边发资料边讲自己家庭的幸福故事。

大妈常常是早出晚归，大伯一天三餐就成了问题，有一顿没一顿的。大伯的身体日渐虚弱。为此，过去两人从没红过脸的大伯与大妈现在见面拌嘴就成了家常便饭。

为了减少两人生活中的不快，大妈就动员大伯随自己信教。可无论怎样说，大伯就是不信。大伯有大伯的理解。大伯问大妈：咱们不辛苦做工，神会把咱孩子养大？咱孩子不努力，会考上大学？咱孩子不学本事，神会给安排个工作?……只上过小学的大伯朴素的质问虽义正词严，但丝毫也没打动大妈。

沉迷其中的大妈觉得大伯不明事理。从此，大伯和大妈的口角不断，关系出现了裂缝。

大妈在她的东奔西跑、宣讲教义、动员入教的忙碌里每天早出晚归。她也有收获：三年多时间，受她幸福家庭故事影响和苦口婆心的说服，已经有三人随她信了教！她感觉特有成就，也特别快乐。

日子就这样在大妈的忙忙碌碌中一天一天地过着，大伯也拖着虚弱的身体在饥一顿饱一顿的日子里熬着。

不久，子女们知道了两位老人的情况，都认为大妈的做法欠妥，不该不顾家人的健康只顾自己的舒心，规劝大妈照顾好大伯。然而，沉迷其中的大妈哪听得进去？为了方便自己去传教，大妈买了一辆狼行天下牌的电动三轮车，并且学会了驾驶。

那个引导她入教的老年妇女了解到大妈家的情况后给她鼓气说：困难和阻挠，是天神对你的考验，就看你信得真不真、诚不诚！你要坚持！

大妈就坚持着自己对天神的真诚。日子也就这样在口角与不快中过着。

（三）

半月前，大伯突然昏倒在地不省人事，多亏邻家串门发现，才叫了120送到医院。

大伯住院，医生要求家属陪护。可大妈说自己要传播神的福德，很忙，照样每天开着那辆狼行天下牌的电动三轮走东串西，只是在每天晚上照看大伯。

儿女多少次苦口婆心地劝解都没有效果，便渐渐对大妈也有了看法，一家人也就有了心隙。

大妈认为，这是天神的考验，不必在意，便也就依然如故。

可是，就在今天中午，睡在病床上的大伯心里难过，哽咽着提出要与老伴离婚。更令大妈没想到的是，大伯的意见竟然得到了儿女的一致支持。

这下，大妈真的有点慌了。在这个燥热郁闷的夏天，大妈的心里比这燥热的天气还要闷。

她也在扪心自问：自己真心要传神的福德，要为家人求更多的幸福，难道错了？原来不认识这个赐福的天神时，哪个不说她老两口有福？怎么自从知道了这个赐福的天神，一家人却离了心、拌嘴、生气、不快乐呢？……

大伯告诉大妈，今晚回家里去，好好想想，明天见个话！

大妈回到家里，就像雕塑一样坐在沙发上，心里反复想着大伯的几个问题和自己心里的疑问，思前想后，渐渐觉得大伯的话似乎有些道理。

但直到现在，她心里还是有些乱，还是不知道自己到底该怎么办！

她忽然回想起了孙子劝她时讲的一个故事：一个年轻人外出求道，跋山涉水，不辞辛苦。有一天，离家已经两年的年轻人遇到了一位得道的高僧，对他说：佛在家中，何必跋山涉水千里辛苦去寻找？并对他说，你快回家去，进门碰到的那个错穿衣衫、脚只一鞋的人便是佛。年轻人半信半疑就忙向家中赶去。回到家时已是半夜，便呼母敲门。门开处，只见母亲反着斜穿了衣衫、只有一只脚上穿着鞋子另外一只脚光脚着地。原来两年里没有一天不思念儿子的母亲突然听见儿子的呼叫敲门，来不及细穿衣衫便急着来开门。年轻人见此景象，想到了老僧之言，忽然顿悟，从此在家孝母如佛，修炼自我，终成正道。

就这样想着想着，她忽然有了连自己都感到吃惊的认识：没有李大伯拼着命打工挣钱，哪来孩子的上学费用？没有两人省吃俭用、勤俭持家，哪来的福？没有孩子的努力上进，哪会有天神赐的福？那个拼着命养家、住在医院里的男人才是给自己家里赐福的神呀！

突然，远处传来的鸡叫声打断了大妈的思绪，她回过神来，看看窗外：天上已经有了鱼肚白，燥热的夜要成为过去了，新的一天马上就要到来了。

这时，大妈感到了一丝清晨的清新和凉爽。

她缓缓地站了起来，决定要为自己新的想法做些什么。

夜，就要过去！

老刘和他的玉米

老刘，名未详，今年50多岁。是岐山北山涝川村人，这个村子已接近麟游与岐山交界处。

老刘是个乐观的人。家中八口人，上老下小，负担重，可老刘从不显忧愁。即使和生人说话，也总是笑呵呵地，像那黄灿灿的玉米一样让人感到亲切；即使今年家中玉米滞销，似乎也毫不影响地满脸和善的笑容。

50岁的汉子，就像玉米的一生：受着高温与干旱的煎熬，好不容易破土出苗，一点绿意，满心期望，满脸好奇与可爱；突破了虫害旱象，缨红飘然，生机盎然，一幅幸福美景，满心祈愿；及至有获，棒子列开了嘴，满口黄灿灿的，一幅开心满足幸福的美画……

农人种植的玉米，一生中，幸福地享受着每时每刻的快乐。山里的农人，也如同满山遍野的叫上或叫不上名的植物们，就地生根，顽强地生活着，或绿靓山水，或花香一方，顽强、执着、自强不息。

老刘种了60亩玉米，有自己的地，也有从别人那儿流转的。年成好，每亩能收1000斤左右，算下来总收成在6万斤，按往年每斤一块多钱算，八口之家毛收入在6万元左右。

老刘家所在地，是典型的深山区，山大沟深，偏远，交通不便；地气凉，地温低，基本上每片地只能种一茬庄家。

老刘卖玉米所得的6万元收入，基本上就是八口人全年的收入了。这得要风调雨顺！如遇旱年灾年，也许会颗粒无收，这里基本是靠天吃饭。

所得的6万元中，种子、化肥、机械等成本每亩地在500多元，这样，按往年每斤1元算，每亩纯收入在400多元，全家纯收入近3万元。老刘的日子还是油乎乎地。虽然有辛苦，活儿脏、苦、累。

可今年，老刘的玉米也受到全国经济下行影响，收购价只有每斤0.7元，即使现在全卖出去，每亩一下子少收入近300元，全家年纯收入只有1万多元。

可眼看快到新一茬种玉米的时间，去年的玉米还堆在仓里，全家人着急，老刘却依然满脸脸喜呵呵地。他说，得等等，看有没有好一点的价，实在不行，就得那么卖，没办法。脸上仍然笑容满满，和善亲切。

他和同村另几户人家一样，玉米都还堆在露天仓里，等着能出个好价的买主。

蓝天白云下，仓满勤劳的老刘，看着心焦的家人，看着仓中满满的玉米，看着已平整好、等待新种玉米的片片山地，内心里可曾像满脸的笑容一样灿烂？

清明悼先父杨公

父，杨公，1940年生，1990年谢世于荷月，享年60。

先父行排为次、子列为长，兄弟姊妹四人。

先父幼聪颖好学，貌恭志强。稍长，习二胡，颇具音韵。继为谋生，师习木艺。虽习旧式，敏于思行，善为时尚之需。年二十有五，依技谋生于宝鸡市凡十三载，其间虽多机会，但为养家计，数拒入于公职。不惑之年，已技艺独到，誉佳一方。回乡后，继以木艺养家，时有同行请教来习者，父则毫无保留，把手而教，仁善于此，恐鲜能及。后获选生产队长，一心为公，悉心操劳，揽过推功，心强矢高。然时值分产到户，矛盾交错，心力交瘁，罢辞不继。后终以木艺为技，养家糊口。虽艰难度日，咸德善乡里，尊礼重文、严育三子，爱众孝悌、豁达宽宏，孝老爱亲、言传身教。

及至1999年突发疾病，唯恐累及子女，强忍病痛不言与子，意志何其挚坚！

先父一生劳碌，晚福未享。子女痛憾，刻骨铭心。

先父离世虽已近一十八载，然每值清明，倍思先父仁德慈善，似闻锯声，优听推刨之音，鼻息中似可闻木香，故为文以悼，寄托哀思，亦扬继先父仁德之善！

伤海棠

院有海棠，名冠铁梗，奇美无比，已经数十岁。

每早春，其花渐次开放，美艳无比。花开时，其枝干突兀斜出，始不着一叶，如铁丝开花，奇美无比。常使蜂蝶穿飞其间，赏艳阅美。更引众人驻足，照相合影，或有人凑面而闻，则花香沁心。

花开之后，嫩叶始生。随后红花、绿叶相应，郁郁葱葱，红花点点，勃勃生机溢于其外！

其到中秋，结果盛繁，名曰木瓜，《诗经》有颂。果放奇香，远能闻之。取之一颗，置于案几，则满室盈香无比，且近月不散。

人皆爱之，赞美不已。

忽去岁一日，妇君怪其不若冬青枝叶之顺、外形之圆润。于是刀手施其力，残其枝杈，圆润其外形。

今年早春，花开无几，秋无一果，奇香不再，黄楛枝叶早现，似已奄奄一息。人皆痛于心惜之。

或曰：海棠若此，人岂不类？！

伤之，退而以记。

祈雨文

秦岭东西逶迤，雄峙中华南北之界，地分黄河长江水系，自古风调风雨，素怜百姓。护佑关中美地，物华天宝，天府之地，择此建都者凡十三朝。

而太白一山，高耸云天，集秦岭高、险、奇为一身，富聚灵秀。史记：自唐宋，每遇旱，求雨而沛，先后封侯为公、封王享爵。当年苏子求雨而得，喜悦不尽，《喜雨亭记》千古流传；巡抚毕沅求雨称心，树碑铸铁扬太白之仁德；眉宰梅遇南上太白而祈雨，万民感佩；关中各地立祠敬奉者众，百姓之依也。

关中眉地自丁酉入伏，旬日不雨，赤日炎炎，气温攀升，旱魃为虐。空气如焚如燎，风吹面颜，灼热感烫。民众受高温之煎熬，道树枝叶已显枯黄，禾菽之苗已有枯焚之迹。

今重言累语，沥此危苦，自感太白向有仁德护佑万民之心。

今敬请太白神灵洒雨降温，救民生之急，润百姓心地，泽十方农田。使千里之土，浸淫澍泽；垂枯禾菽，转萌生意。

如此，则感恩戴德。

丁酉六月初三日辰时敬祈

蒹葭风歌

每每走在渭水岸边，看到芦苇丛丛，《诗经》中那首《蒹葭》就会随口而出："蒹葭苍苍，白露为霜。所谓伊人，在水一方……"

《国风·秦风·蒹葭》篇，是对秦地风貌民俗的歌咏，眼观蒹葭苍翠，口咏秦风古韵，历史的文化加上现实的"蒹葭苍苍"和"在水一方"的景象，让人有一股一股的情感涌动着，倍感亲切。

闲来坐在河岸，仰看白鹭起起落落，远眺满目蒹葭苍苍，古诗的韵致跃然于眼前，古韵的情怀在胸中奔涌。芦花摇曳，任一片唯美的情愫蔓延，全然是一种心灵的享受。蒹葭苍苍，白露为霜……

仿佛诗中的"伊人"，也素裾美颜，或采摘捡拾，或叶舟惊鸟、捞鱼戏萍，穿梭在茂密的蒹葭夹岸的渭水河道中，时隐时现，仪态万千；仿佛在蜿蜒的渭水之上，时在河州，时现撑篙回眸的婀娜与惊艳。

在这清冷旷远的河岸，顾看茫茫渭水，仿佛能看到一幕短剧：一位小伙在浓密的蒹葭缝隙，窥望着自己心仪的"伊人"；"伊人"悠闲地划着叶舟采摘、捡拾、戏水、捕捞，忽左忽右，引得小伙跑左挤右、踮脚眺望……

这情景，让人想到了《诗经》中的另一首诗："窈窕淑女，君子好逑。""求之不得，寤寐思服。悠哉悠哉，辗转反侧。""参差荇菜，左右芼之。窈窕淑女，钟鼓乐之。"得与不得的喜乐与忧愁交织，见与不见的情感交织，品味起来，真有如饴之感。难怪王国维在《人间词话》中评道："《诗·蒹葭》一篇，最得风人深致。"

在轻纱漫漫的蒹葭中怀古思今、触发心绪，在欣赏美景之余咏读这篇2000多年前的爱情古诗，更郎郎上口，权做一回文化的短旅或发一回文人墨客的骚情吧。此时我们会感到文化的脉气其实总是流淌在我们的血液中、流淌于我们的心中。

那生长在河边的如绿幔、如绿墙的蒹葭芦苇，颜色苍青，晶莹剔透的露水珠凝垂在叶端、晶亮可爱。微微的秋风送着袭人的凉意，茫茫的秋水泛起浸人的寒气。站在岸边，侧耳倾听，能听到蒹葭沙沙的呼吸。站在高处看，苍翠一片，如带的渭水，缠绵在这碧翠之上。

渭水岸边这一片一片的丛丛的蒹葭，让我回想起昔时的岁月。那时，渭河北岸，村间的房舍都是偏厦房，也就是陕西八大怪中的的"房子半边盖"。这种偏厦房上要用到穆子，而穆子的主要原材料就来源于渭河岸边这丛丛的芦苇。

成捆的芦苇买来，地上订上钉子，绷上三四道经线，两人合作，一根一根沿经线用线绳把芦苇缚住，零散的芦苇就成为了一张张芦苇芭子，把芭子平放在屋面的椽上，上面敷上一层泥，泥上再放上小青瓦，一座房子的顶就这样处理好了。这种房子住在里面冬暖夏凉，房中会有浓浓的泥土的清香味。那时，村庄那一个个或生龙活虎，或清秀碧玉的小家伙们，就呼吸着这种泥土的清香长成了大小伙、俏姑娘。那时，村里人家盖房，那些七八岁的小娃娃许多都会是打穆子的好帮手，有心灵手巧的，抵得上一个大人呢。

在这秦风秦地，那大片大片满河滩的蒹葭，割不完、烧不绝，一大片一大片随水而生、与河而伴，芦洲在河、人在彼岸，曲折透迤，左左右右、前前后后的芦荡风景，美如图画。

站进芦苇丛中，蒹葭随风摇曳，沙沙作响，那声音厚重博广，似呼吸、如轻歌。耳听有音，仰面而望，那高高的芦尖刺向空中，让人怀疑《蒹葭》诗是从芦苇的尖上长出来的！

秦地虽多剽悍粗犷，但历周秦为都之影响，一直文韵根脉深厚，《秦风·蒹葭》意韵之悠长，让多少人为之倾迷。一歌传唱几千年，这是秦人的柔肠情怀。

静立而望，碧绿一片；翘首遥望，山如水墨；耳听风歌，歌有《蒹葭》："蒹葭苍苍，白露为霜。所谓伊人，在水一方。溯洄从之，道阻且长。溯游从之，宛在水中央。"

风急芦劲处，呼呼作响，如将士急行，似大军隐进。你细听，不但有《蒹葭》的动听，更有《秦风·无衣》的铿锵与剽悍："岂曰无衣？与子同裳。王于兴师，修我甲兵，与子偕行。"这，是秦人的激情与霸气！

风来阵阵，芦荡如波，蒹葭似舞、似歌，那是秦风在歌，那是风在歌秦！

岐阳往事

岐阳，位于岐山县东北方向的祝家庄镇，是一方古地，也是一方极具古韵的地方。

站在岐阳村，向北望去，可以看见那被叫作箭括岭的岐山。箭括岭因山形似箭囊而名。在众山拱卫之下的岐山傲然耸立，向南俯望着那平原沟壑、田畴家园，雄姿巍然。

明嘉靖《陕西通志》记载："岐山县三龙故城在县东北四十里，即今岐阳镇。今岐阳镇，即太王至文王治岐国城。"

《诗经》中有一首诗叫《大雅·绵》，这是一首展现周民族重新创建基业、发展壮大的历史颂歌，其中有句："古公亶父，来朝走马。率西水浒，至于岐下。"说的是原在豳地的周族因受薰育戎侵袭逼扰，不得不离乡远徙寻找安生之地的历史故事。

当时周太王古公亶父率姬姓族人循漆水岸边一路向西，漆水向西的岸上，人头攒动，老幼携扶，艰难前行；翻越梁山，梁山道上，顶风冒雨，一路艰辛。弃豳远徙的周部族终于在"堇荼如饴"的岐山之阳安下了家园。

当周人到达岐山脚下时，空气中弥漫着花香草甜的气味，山坡原野上到处郁郁葱葱，茂林厚草，麋鹿奔走。这片水草丰足的土地上，水源丰富，土肥地美，人们发现：长在这儿的苦野菜尝起来也都香甜如饴！于是议论是否定居此地，古公亶父以最高等级的龟板占卜请示天意。占卜结果吉祥而令人兴奋，天意告喻众人：停下脚步立即在此营室住下来，这就是《绵》中歌唱的"民之初生，自土沮漆"、"率西水浒，至于岐下"、"周原膴膴，堇荼如饴"、"爰始爰谋，爰契我龟，曰止曰时，筑室于兹"。

周族定居于此，繁衍生息，辛勤劳作。炊烟飘绕，欢声笑语，雅颂风歌荡漾在这片美丽的土地上，漫山遍野跃动着勃勃的生气。

由于周族实行礼仪理治之策，部族民众懂理守规，一派祥和。就连周边百姓也纷纷投靠，周族不断壮大、强盛。

到周文王（姬昌）时，虞、芮两国因交界处的荒地发生争执，相约到西岐请姬昌评理。可一到西岐境界，只见夜不闭户、路不拾遗、人人礼让。看到这些，虞、芮国君感到非常羞愧，说："我们真是小人，不要再踏进君子的朝廷里啦。"于是握手言和，双方以"所争之地，弃为闲田"结束了争执，传为美谈。时至今日，在山西平陆县境，有"闲田春色"为平陆八景之一。

可爱的历史，就轰轰烈烈地发生在这个叫作岐阳的地方。

周族部落励精图治，拓土开疆，居此时间近百年之久，在周边留下了京当、衙里、宫里、凤雏等耐人寻味的历史痕迹和丰富的地名文化。

《诗经·绵》就是一部周族的史诗，向我们描画了一个微弱的"小邦"逐渐成为一个势力强大、可与商王朝抗衡的西方霸主的历史画卷。

如今，站在岐阳故地，看岐山傲立，望千亩平畴，清风习习，似乎能听到周人劳作的欢呼，能看到周人勤谨的奔忙；闭上眼睛，在这古意的地方，深呼气息，似乎都能嗅到周人炊烟和柴草的清香味沁人心脾。

据2300年多年前的史书《竹书纪年》记载："（周成王）六年，大搜于岐阳。"

"岐阳之搜"指周成王在岐山之南（岐阳）的一次大规模朝会性质的一次有祭祀及狩猎活动的诸侯会盟。《国语·晋语八》记载："昔成王盟诸侯于岐阳。"

周成王之时，在岐阳举行了盛大的诸侯会盟，并进行了祭祀及狩猎活动。那时的岐阳，诸侯济会，风采烈烈。狩猎之时，万马奔腾。诸侯们各自用自己的威猛与机智、力量与战绩证实着自己的实力与潜能，以争取盟会上的主动权与话语权，争取各自最大的利益。在弓腰祭祀祈愿与万马奔腾的暗中竞争中上演了一场盛大的政治盟誓邦交。

据记载，这次盛会，就在周族重新发展壮大的祖地岐阳举行。会场大门口竖立了高大的木表，安放了神灵的祭筵，诸侯王公们照着班次站在台上，祭祀先祖，歃血结盟。主祭者把清酒浇注在楚人进贡的青茅之上，淋漓在青茅上的酒渐渐下渗，就如先祖神灵慢慢喝取一般。大家欢呼神灵的青睐，感激先祖的护佑，诸侯们歃血为盟，相信周邦定会兴旺昌盛。祭祀用的青茅是周族祭祀先祖鬼神必用的用品，是楚国的特产。

这次盟会，牢固了盟间诸侯关系，进一步强化了周天子的威望。后世出土的西周早期"保卣"、"保尊"与"斗子鼎"等青铜器物及铭文也以实物进一步证实了成王岐阳会盟诸侯的史实。

据唐李吉甫撰写于元和年间的《元和郡县志》记载："岐阳县，贞观七年割扶风、岐山二县置。以在岐山之南因以名之。""元和三年（公元808年）省岐阳县入岐山、扶风二县"；宋真宗时的《元丰九域志》载："扶风，府东八十里，五乡，岐阳、法喜二镇。"

历史沧桑，一路前行，岐阳在风风雨雨中，从古公亶父的"筑室于兹"到唐太宗的"贞观为县"，再到宋时的身为重镇，在这近2000年的时光里，以自身水土丰厚的优势和古韵礼制的内涵，发历史之音，创历史文化，也担当着重要集市作用。在不同的时代，周边持货而贾、待持而沽者纷集于此，岐阳之地，人头攒动、车马来往。山货地产、外来物资在此交易流转；交易之日，人来人往，好不热闹。

时光流逝，斗转星移。历史给如今的岐阳人留下的那些看见和看不见的脉动深深地根植在人们的骨血里，奔涌在后人的情感里。

如今的岐阳人自豪的是自己家园有两宝，那就是：周太王陵与周太王殿。

周太王就是古公亶父，周族的老祖先。岐阳人自豪：周人的老祖先亶父葬在岐阳、古公的祭祀庙园在岐阳。这说明了什么？说明了岐阳村在岐山之南的重要位置！

据《岐山县志》载："岐阳周太王陵，隋唐时犹存"、"创建无考。"从明正统年间行访者郭仲南《重修太王庙记》中，可窥见太王陵庙的一些情况。

据记载，在金崇庆元年（1212年），敷武校尉杨德滋重修了太王庙。但由于此地处在南北通衢的要道，争战频仍，太王庙便毁于兵灾战火。加之随后关中出现的史有记载的年馑荒灾，兵毁坍塌的太王庙一片废墟，已无人能识，没有人知道这片废墟原来的功用。民间俗传为周赧王庙及陵。

直到明朝正统年间，有位行访文人郭仲南在探访岐周遗址时，在残垣败迹中发现了一方石碣，揩拭干净，辨识文字，方知此庙此陵为周太王庙和陵。郭仲南于是顿生感叹慨然，动意发起维修倡议。在正统乙丑年（1445年）孟春月周太王庙重建而成，郭仲南做记《重修太王庙记》。在明嘉靖三十九年（1560年），时任岐山知县韩庭芳重修周太王祠时，增附王季、文王塑像，尔后名曰"周三王庙"。后经历次修缮维护，直至今日。

据村中老人回忆：20世纪中期三王庙（太王庙）里尚有历代石碑几十通，后在"文化大革命"中因修水库砌涵洞几乎用完了庙里的石碑，只剩下了两块残破的石碑留了下来，一块为嘉庆十九年

"重修周三王庙记"碑，另外一块残碑则字迹模糊，无法辨识。20世纪80年代，人们找到了一方已经残碎的乾隆时期的石碑，此碑是由时任陕西巡抚毕沅书立的"周太王陵"碑。人们将残碑整理修补，立于太王陵前。浑身残痕的这方清代石碑孤守在太王陵前，给人以凄然之感和历史的苍凉！

听着村中老人的这些回忆，心里百味杂陈。历史在无畏与浮躁中的前行，使我们丢失了多少历史的信息、文化的元素和应当珍存的历史记忆，痛之于心！然而，逝者难回！

抬头前行，让我们更会珍惜历史、珍视文化、珍爱脚下的印迹，执着于心中的理想！像古公、如亶父那样，心怀满满的美好理想，在这美丽古意的土地上，创出美好的未来。

文武古都，千年沧桑。一碑孤立，残缺永伤。岐阳故事，永当不忘。昂首前行，如我太王！

渭水东流

小时候，站在渭河北岸的原边，看着渭水像光亮的丝带在原下的河谷原野一路蜿蜒东去，常常想去亲近它。

终于，有一次，父亲领着我去渭河南岸的县城办事。我们早早地吃了早饭，便一路下塬，向县城正对的渭河北岸渡口赶去。

到了渡口，只见河面宽阔，河水泛着泥黄色的波浪奔腾向东，一条大木船在湍急的河水中像不服缰绳束缚的野马一样扭来扭去，焦躁不安。

船上已经站着好多人，还整齐地摆放着架子车和一溜自行车，船上满满当当的。我们沿着一条搭在船帮上的宽木板刚上了船，便有一位船夫在岸上撤去了木板，解开了缆绳，一边敏捷地跳上船，一边高声喊道："开船！"船在他的脚下轻轻地晃了几下。

一个光着膀子、高高地挽着裤腿，裤子上满是泥迹土斑、肤色黝黑的船夫用一条长长的木篙使劲地把船撑离了岸边，船上几个同样光着膀子、高高地挽着裤腿，裤子上满是泥迹土斑、肤色黝黑的船夫正在用力地划着、用篙撑着船逆流向着上游河心方向划去。几个船夫忙乱而有序，拿着船篙的，敏捷地观察着水势，时不时地插篙入水顶一下。而其他的人，或是扳着巨型大刀一样的船舵控制着方向，或是喊着号子奋力划着船桨，能看到他们古铜色的腿上、胳膊上的筋脉一

187

鼓一鼓的。船逆流而行到了河中心，气氛因为船夫们相互间紧急的呼喊和看似忙乱的工作而紧张了起来。一阵忙乱，船夫们抑制着船的速度，防止因为顺水的船速过高使船难以控制。一番忙乱的呼喊、拼搏，船终于到达了对岸预定的地方。

因为对岸河滩比较平缓，沿木板下船后要走七八米的一小段泥水路。人们纷纷提前脱下了鞋子，挽起了裤腿，做好了下船的准备。下了船，人们就着路边淤积的小水潭洗脚穿鞋，然后赶路。一船的人们散在路上，说说笑笑向着前方走去。

那一次，我目睹了渭河的宽广和滚滚的水流。下午回家等船的时候，在河岸边发现了许多可爱的小石子，有圆、有扁、有方；有黑、有绿、有灰……可爱极了。于是捡了一大把，装在兜里带回了家，珍藏了好久好久。那一次是我真真切切地感受到了渭河的真实。

对于渭河北塬的我们，那长长的渭河，匆匆的流水，苍苍的蒹葭、静置在河洲的鸟蛋，悠悠情思，一直在心上，亲切、神秘，令人向往！

后来，随着年龄与读书的积累，我知道了些关于渭水的故事，让我对渭河有了更深的了解，感受到了渭水的磅礴与激情。

公元前8世纪，一个民族因其祖先非子善养马，被周孝王分封在渭水岸边的秦地（今天水市），为周的附庸。这个民族也就以地为号，曰"秦"，为周王室养马并担当戍边对抗西戎的职责。

公元前770年，秦襄公因护送周平王东迁有功，被封为诸侯，赐封岐山以西之地。虽然秦国正式成为周朝的诸侯国，但因其地处偏僻，国力微弱而一直不被其他诸侯国重视。但是渭水滋育的这个民族，有着和汤汤渭水东流一样的执着、自强不息。

秦文公时，徙居于汧（千）渭之会。《史记·秦本纪》："德公元年（前677年），初居雍城大郑宫，以牺三百牢祠鄜畤。卜居雍，后子孙饮马於河。"从此，秦这个民族就开始一直把让"子孙饮马於河（黄河）"作为民族的目标。

在眉县常兴发现了春秋早期的秦兵器"秦伯丧戈"，其上有铭文，铭文释义为"秦的正卿伯丧，在西方布政陈教……安定镇抚东方"。从这段铭文，可以看到春秋早期的秦一直把向东发展作为主要的方向，让今天见到这铭文的我们强烈地感受到秦人"饮马於河"的强劲祈愿与勃勃的心劲！

从秦祖先千渭之汇时立誓让子孙"饮马於河"，到穆公霸镇西戎的强悍，到城门立杆的诚信之约，到昭王称霸的威武，到始皇一统的丰功，历经近500年像渭水一样的昼夜不息，终于成就了中国历史的一部壮丽诗篇。

汧（千）河是渭河的一大支流。有一首"汧殹"歌谣，来自于先秦时期的石鼓，记录了公元前770年时渭河流域的鱼丰草美："汧噎泛泛，烝彼淖渊。鳇鲤处之，君子渔之。""黄白其蚌，有鲭有鲌，其影孔庶。""其鱼维何？维鱮维鲤。何以槖之，维杨及柳。"这首赞美渭水流域汧河鱼丰水美的歌谣，向我们展示了2700多年渭河支流汧河的丰美：波光粼粼的汧河，鳇鱼、鲤鱼、黄中泛白的蛤蚌，鲭鱼和鲌鱼产下的鱼子密密麻麻，数也数不清。渔人打些什么鱼？鱮鱼鲤鱼真不少。这么多鱼怎么拿？杨柳枝条串起来。

多美的场景，多么惬意的捕鱼收获，多么让人流连的丰沛之地！读起这首歌谣，我们仿佛看到清澈的水中不同的鱼儿悠闲地飘游在依依招摇的水草中，捕鱼者收获满满，手提着用杨柳树枝串起的一溜鱼，幸福地走在归家的路上，看着不远处袅袅的炊烟，心中就像那渭水河面的波光粼粼、光跃如珠，荡漾着满满的希望和幸福！

渭水不但丰美，而且像秦地的人们一样，淳朴而又无私。

公元前647年晋国连年大旱，庄稼减产甚至绝收，民不聊生。于是晋惠公就派遣大臣向秦国借粮；秦国内部分为两大派，一派认为不应借粮，还应趁此机会发兵于晋;另一派认为，应该实行仁义，借粮给晋国。秦穆公决定：发送义粮给晋国，帮助晋国度过危机。

于是，在这年的初冬时节，一只规模庞大的船队，浩浩荡荡从秦国的国家粮库（千河东岸，今凤翔长青镇域）出发，沿渭河500里水路，逾关中、越黄河峡谷，入山西后逆汾河北上，一路水道，船船相继，迤逦千里，将救命粮及时送到了晋国的都城绛。这次空前的运输行动，被史书《左传》称为"泛舟之役"。

如今，站在渭水岸边，回想着这些历史，仿佛听得到桨橹咯吱，眼前会闪过那暗夜中船灯的光芒；听渭水哗哗东流，仿佛可以感到来自雍城的智慧与仁德。那东流的浪花，朵朵都是一首歌，一首前行的歌谣！

我也认识着一个博大的渭河！渭河，从甘肃的鸟鼠山发源，横跨甘陕，集秦祁、清姜、黑河等大大小小近30条水流，一路向东，越集越浩大，朝着黄河、朝着大海一路奔流不息，以博大的胸怀，滋育着广袤的土地。

汉、唐王朝定都长安时，沿渭河每年运输粮食近百万石到长安，河面上常常粮船络绎不绝。战时的军船更是往来不断。当年刘裕伐后秦之战时，部将就率领水军，乘小舰溯渭而上，一举攻克长安。到了唐代末年迁都洛阳，大型船运渐致衰退。大约到清代中叶以后，渭河已基本不能航行。看着这些资料，真有浓浓的世事沧桑之感。

在渭水流域的广大地区，皇天后土的儿女们以此为舞台，也演出着一幕幕感天动地的水的历史话剧：春秋宁戚渠佳话千年，乾隆时梅公渠至今惠民，民国水利学家李仪祉筹划的"关中八惠"富秦川的祈愿也已变为现实。

如今，渭水两岸，省道、国道、高速公路、高速铁路和即将动工的城际轻轨便捷和亲密了城际的联系；南北河堤，百里如画，环境提升，生活质量提高；大河上下，桥如长虹卧波，贯通南北，便利群众；两岸田畴，美丽家园，幸福生活！

如今，一方方荒滩成了花园，那片片荒地变成了公园，花香鸟语，清香扑鼻，景色宜人！千亩荷塘景色新，人在画中行，画在人眼中！

读史思今，我常常想起《诗经·国风·秦风》中的一首歌谣《无衣》："岂曰无衣？与子同袍。王于兴师，修我戈矛。与子同仇！岂曰无衣？与子同泽。王于兴师，修我矛戟。与子偕作！岂曰无衣？与子同裳。王于兴师，修我甲兵。与子偕行！"

秦人面对危难时的视死如归、英勇赴义的精神和同甘共苦、团结一致、同仇敌忾的慷慨激昂如在眼前，令人心生敬佩，励人决然前行！

渭水东流，奔腾不息，流淌的是这方水土的气概。一方水土养一方人，渭水养育着关中三千万的秦川好儿女；一方人也光耀着一方水土，关中三千万黄土地的儿女们也一代一代使这方美丽的土地愈加靓丽美艳！

渭水如带，汤汤东流。

心　旅

　　还没放假，就在心里作着计划，去哪里哪里，心驰久仪的那些地方。

　　可听听那旅游提醒，回顾着往年那些景点人头攒动、人挨人、人挤人的情景，心想：与其人困马乏去看人挨人、人挤人，辛辛苦苦去看人的后脑勺晃来晃去一大片，还不如来一次心的旅行，且自作安慰吧。

　　心里想去一座山沟，看一溪小河边，几间土瓦房，炊烟袅袅，还有犬吠与鸡唱；门前一藤丝瓜蔓，黄花放牧着大瓜小瓜一串串；一树柿子灿灿招人；一棵老松下，一椅一几一卷书，放声读那"结庐在人境，而无车马喧。问君何能尔？心远地自偏。采菊东篱下，悠然见南山"；放声读那"柴门寂寂黍饭馨，山家烟火春雨晴。庭花蒙蒙水泠泠，小儿啼索树上莺，水香塘黑蒲森森，鸳鸯鸂鶒如家禽。前村后垄桑柘深，东邻西舍无相侵。蚕娘洗茧前溪渌，牧童吹笛和衣浴。山翁留我宿又宿，笑指西坡瓜豆熟。"

　　想去登一座山峰，仰望顶上的孤松，俯瞰云雾绕山腰，看日出云海上的蓬勃，看松立山顶无言而顾的冷定，看岩出峭壁的峥嵘，看绝壁千仞的傲然，看水如丝带，缠绵着青黛如画，感悟那"千山鸟飞绝，万径人踪灭"的孤寂与空旷。

想去一片河州，不用通车马，不用通木栈，只几块石头，散落浅水引路，踩着一溜随意排成的列石，哪怕是险打趔趄脚湿水也没什么，只要能到那白鹭出没的、有诗的河洲。看白鹭优雅地起飞、翱翔、滑归，看他们迈着那细高的腿在河洲边的水中踱步，听远远近近似有似无的鸟鸣。看兼葭一片，风来起舞，随风吟唱。看河水欢唱远去，看天上的云变换着游戏的花样，听风歌虫鸣……心中不想、不思，不急、不燥，静默身心，把心交给这景、这境。或是随性诵读"关关雎鸠，在河之洲。窈窕淑女，君子好逑。"或是吟唱"兼葭苍苍，白露为霜。所谓伊人，在水一方。溯洄从之，道阻且长。"在清新的空气中愉悦于景、于境。

　　也想去一处古地，看城垣断壁，读历史沧桑。听清幽的风讲一段悠远的古事，看残垣述说一段坚毅与坚持，或是幸福，或是苦难；听刀光剑影和攻守城池的呐喊，还有铁蹄的奔腾与守卫家园的较量；看古城层层的墙土，如书，可以读出期望，可以读出对家园的热爱，可以读出那一段心路与步履。或是读一块字迹湮无的古碑，感受历史的沧桑和"逝者如斯"的匆忙，感叹之余，何不吟一曲"大江东去浪淘尽"的感慨和"青山依旧在，几度夕阳红"的感叹，还有那"一壶浊酒喜相逢。古今多少事，都付笑谈中"的慨叹。

　　想去会会老友，在竹林的深处，一几茶香浓，只把云松论，不言竹林以外事，自与竹松行。一杯清茶入口，说松劲于风，谈竹高于节。压一口茗香，看月在中天，寄心于情，享受这境地的沁香和竹簧幽幽的随风和唱；看松在山顶，影在雾中，心自清凉。

　　听风看云观山水，看"烟波不动影沉沉"，看"碧色全无翠色深"，看"疑是水仙梳洗处"，看那"一螺青黛锦中心"。

　　想划一叶扁舟，在田田的绿荷间，借一缕月光，读一本古卷，看尧唐的湖清河广和周秦的甘棠摇曳，或静听河蛙的鼓鸣和蜻蜓的来访。

　　就这样随心地想着，想着，时间就如东流的渭水，何曾等过一句鸟鸣、一片蛙声，几天的时光就这样在心的旅途中悠然而过了。

听风王家堎

　　王家堎是秦岭山中一个普通的乡镇，属于太白县，在太白县城西南40多公里处。王家堎像许许多多的山中乡镇一样，青山绿水，清流淌过，天蓝云白，大山环抱。而王家堎却更有着不同于别处的人文风云。

　　在王家堎，男女老少都会讲一个极具神奇色彩的故事。

　　古时候，一王姓商人出门在外经商多年，积攒了些金银之后，便欲返乡修建家园，光耀门庭。

　　返乡途中，忽见一金色天然石条，满身金黄，神奇异常，以为宝物。于是就背上石条向家的方向赶路。当他走到峡谷中一处开阔之地时，突然感到石条越背越重，便放下休息。可这一歇气，石条就像生了根一样，再也搬不起来。王姓商人感到将这样一块奇异的宝贝石条弃之不顾确实有些可惜，于是就在石条上刻了"王家"二字作为记号，准备回家叫人来搬回家中。

　　等他回家找了人来搬时，却怎么也找不到那块金色的石条，只见原来放置石条歇气的平地处却变成了一条长土堎，土堎上面隐隐可见自己刻写的"王家"二字。

　　王姓商人以为神灵指点，认为此地必为风水宝地。他看四面群山环抱、谷地开阔，河清景秀，于是便举家迁此，取名"王家埂"。这便是王家埂的来历。

　　站在王家埂，环看四周美景，听柔柔的风随汤汤的河水清流一路欢歌，回味这美丽的传说，眼中的一切便更有了悠远的灵动如高峰幽篁里的笛音袅袅而来。

　　在王家埂的和平村，有一个栈道公园，公园的山崖处保存着褒斜古栈道的遗迹。近观那石崖上的痕迹，犹如在品味着褒斜古道上的一曲清音，听着一段尘起尘落的历史故事。

　　褒斜古道是一条穿越秦连接汉中与关中盆地的重要道路，也是一直链接关中与汉中通于巴蜀的主要干道。其起自眉县的斜谷北口，至于汉中褒谷南口，全长249公里，自古至今一直是通于巴蜀最为便捷的道路。

　　据《读史方舆纪要》考载："褒斜之道，夏禹发之，汉始成之。""春秋开凿，秦时已有栈道。"从这个考证看来：在夏禹之时，褒斜道已被发现或已有通行，春秋时期，部分险要之地得到了凿修疏通，秦时已建有栈道助通，成为通衢南北的官方通道。

　　一条古道，在历史的烽烟雨雪中多受磨难。因着战争与自然的灾害曾多次被毁，也因着其重要的军事与连通地位曾多次修复。

　　建兴六年（228年）春，诸葛亮北伐魏国，派赵云和邓芝为疑军据守箕谷，抵御曹真。后赵云、邓芝与曹真对垒失利，随后一边撤退一边烧毁褒斜道赤崖（即今王家埂和平村周边）以北的阁道，迫使魏军停止追击。

　　诸葛亮在《与兄瑾书》中写道："前赵子龙退军，烧坏赤崖以北阁道，缘谷百余里。其阁梁一头入山腹，其一头立柱于水中。今水大而急，不得安柱，此其穷极，不可强也。"又云："顷大水暴出，赤崖以南桥阁悉坏，时赵子龙（赵云）与邓伯苗（即邓芝），一成赤崖屯田，一成赤崖口，但得缘崖与伯苗相闻而已。"后来，诸葛亮死于五丈原，魏延先退而焚褒斜栈道。《水经注》则记道："自后按旧修路者，悉无复水中柱，迳涉者浮梁振动，无不摇心眩目也。"

据《汉书》记载：汉高祖元年（前206年），"沛公为汉王，王巴蜀……良因说汉王烧绝栈道，示天下无还心，以固项王意。……行，烧绝栈道。"500里栈道隧化为灰烬。张良的意图是烧掉褒斜道，让项羽因刘邦失去了交通手段而去除汉军进攻关中的担心，同时也断绝了关中楚军南下进攻汉中的道路。西楚霸王项羽见刘邦烧绝褒斜栈道，果然如释重负、沉醉在安享太平的美梦里。

就在刘邦那把烧毁褒斜道的大火两年之后，身居汉中的刘邦又大张旗鼓地对外宣称：要重修褒斜道！而刘邦和张良却悄悄地统率十万大军绕过褒水从大散关越过秦岭，进入楚军镇守的陈仓，关中平原顿时门户大开。这便是历史上的"明修栈道，暗度陈仓"。

据《汉书》记载，刘邦坐稳了江山，于是有人上书"欲通褒斜道"，因为"穿褒斜道，少阪，近四百里"，"且褒斜材木竹箭之饶，似于巴、蜀"，"上以为然。拜汤子印为汉中守，发数万人作褒斜道五百余里。道果便近。"这是史书记载较早的官方大规模对褒斜道的疏通。

原褒河水库修建之前，在褒斜道南口的石门一代，有历代摩崖石刻160多块，其中多为记述褒斜道开凿、修建之事。其中《开通褒斜道刻石》，又称《大开通》，为东汉永平六年（公元63年）刻石，文字记述了东汉永平六年汉中太守钜鹿郡君奉诏受广汉蜀郡巴郡刑徒2690人修建栈道，历时三年"为道二百五十八里"，开通褒斜道的事迹。

褒斜古道的大部分路段谷地狭窄，两边石崖峭壁、地势险要。而褒斜道长有500多里，里程漫长。峡谷中常在雨季频发大水，冲毁所建、堵塞道路。即使今天的我们也不难想象道路修建的艰难。难怪李白有"西当太白有鸟道，可以横绝峨眉巅，地崩山摧壮士死，然后天梯石栈相勾连"的慨叹。

由这些记载我们可以看到，褒斜栈道是连接关中与汉中的主要大道，最迟的修建时间当在秦朝或更早，历史上由于战争、自然水患等原因，栈道也是屡建屡毁。

褒斜古道，如褒斜道上的住民一样，在秦岭的大山中，经受着历史的风云雨雪、酷暑严寒。每一次的战争、灾害，无不累及周边的民夫住户。

今王家堎古称赤崖，曾是褒斜道上最重要的驿站：芝田驿。因为地理位置的重要，也曾作为蜀军的府库，屯兵存粮，以望关中。

在王家堎的中平村，有一块立于清嘉庆四年（1799年）的"督宪牌示碑"，这是由"红岩河山地等处众粮户"迫于兵燹政欺，为在乱世中自保，将时任"兵部尚书陕甘总督"的"部堂牌"（即安民公告）刻碑公示，以为根据，抵挡由于"地当孔道""站程甚长""所需夫马较多"而致使"民不聊生""已难支应"的窘迫。"众粮户"想以此牌碑作为拒燹推欺的挡箭牌，因为其中有严禁官兵滋扰地方百姓、随意加大百姓负担的九条规定。然而，一纸公文，在这山大沟深、路途遥遥、山高皇帝远的古道边，能有多少作用？"众粮户"用心之苦，今天我们读其碑文，仍能感受得到，也能感受到当时兵掠政剥的疯狂与百姓的难言与凄苦！

古道住民，在漫漫历史的灾害灾难面前，如高山的古松、坡地的绿草执着而又坚毅，从不向任何困难灾害低头，年年新绿、年年花开。

看着栈道遗迹、古碑留存，眼前闪过那战火的浓烟嘶喊、马蹄急奔、兵甲匆匆的较量，闪过那兵燹苦民、酷吏盘剥的丑行。

如今，依古时的褒斜古道而修建的姜眉公路车水马龙，贯穿于王家堎境，已成为山货外运、群众致富的助力纽带。

王家堎镇规划建设的移民安置点，由镇上资助，是让山沟深处的住户移居到便利处的爱民助民工程。干部们包村、包户，不仅让移居者住下来，而且帮助贫困户们制订脱贫致富的规划：经营土特产、开办地方美食小饭馆、制作旅游手工艺品……如今的移民们，脸上洋溢着的，总是像花开一样的幸福与快乐，总是对生活前路满满的信心和发自内心前行的心劲！

我们有幸见到了太白县县委许海峰副书记。他说起太白县的发展，会一口气将太白县的山水美景、风物民俗与发展前景如数家珍般滔滔而谈，是那样的熟悉于心、爱之切切、情之熠熠，让我们感到他似乎不是在讲工作，而是在讲着自己家里最引以为傲的事情。

行走王家堎，你会有风来如歌的感受，或古意苍苍，或清新沁心；会有其如史书之感，一页一页述说着那或久远的故事，或眼前的新景，或轻风熏煦，或荡气回肠。

一条古道，历经2300多年的风雨沧桑，如书，让我们顾看历史的日月变换；一方古地，耳听时代的煦风，如歌，让我们远望前路的坦途与朝阳！

"斜谷造船务"远去的背影

  说眉县斜谷曾有国家第二大造船厂，估计许多人会质疑，因为当地人既无口传，更不见于县、府、州志记载。

  然而"斜谷造船务"在苍茫的历史里宛如一个人渐行渐远的背影，常常闪现在史志的文字缝隙，让人冥思遥望。

  在《宋史》《包拯集》（宋·张田）、《陕西通志》中均收录有宋仁宗庆历年间的一份公文奏表。这份奏表是由当时陕西转运使包拯写于宋仁宗庆历七年（1047年）四月至八年（1048年）五月间，即《请权罢陕西州军科率》。撰写人包拯（999—1062年）是北宋中期著名的政治家、名臣，也就是戏曲及民间所称的"包青天""包公"的原型。

  包拯在《请权罢陕西州军科率》中记述道："凤翔府斜谷造船务每年造六百料额船六百只，方木物料等，自来分擘与秦陇凤翔府诸处采买应付。"这段记载给我们提供了两个方面的个信息。

  首先，宋仁宗庆历年间，在凤翔府斜谷有"斜谷造船务"。"凤翔府斜谷"，即今眉县齐镇斜谷村周边地区。据北宋地理总志《元丰九域志》载："眉，府（凤翔府）东南一百里。五乡。虢川、斜谷、清湫、横渠四镇。"可见，"斜谷"当时属于眉县的一个镇。宋代的镇是指经济比较发达的人口聚集区。可见，在宋时，

"斜谷镇"确有一个"斜谷造船务"存在。

宋人李焘在《续资治通鉴长编》中也有记述："拯（包拯）前自陕西徙河北，才五浃日，召入三司，奏罢秦陇所科斜谷务造船材，及罢七州所赋河椿竹索，皆数十万。（宗庆历）八年五月二日，自陕西改河北，六月二十二日，除户副。"这条记载也从另外一个方面证实了奏章所言内容的真实存在。

其次，斜谷造船务每年造六百料额船六百只。也就是说，每年的造船量是"六百料"的船"六百艘"。所谓"料"，是指造一艘船所用的物料，后来转用为载重计量与船舶设计标准。北宋科学家沈括在《梦溪笔谈》中记录："今人乃以粳米一斛之重为一石，凡石者以九十二斤半为法。"宋船载重以米石为标准，米一石为92.5宋斤，合今55公斤，即为一料。所谓"六百料"即每艘船的额定载重量为33吨。

据查史料，在北宋相当长的时间里，除凤翔府斜谷造船务外其他船场所造的漕船多为载重量300～500料（即16～27吨）的船只，而斜谷造船务每年额造600艘船，均为600料（载重为33吨）。这个载重量在当时为全国单船载重量之冠。

从以上两个方面的信息，我们不难看到昔日"斜谷造船务"那遥远、沧桑、高矗的背影。

辽宋夏金时期是我国古代造船业大发展的时期，造船能力和技术都有了显著的提高。特别是宋代的造船规模更大，造船技术在当时遥遥领先，出现了很多造船中心，不但数量多，而且质量高，航海事业由此得到了长足的发展。

北宋时期,全国有十几家官方大船场，多分布在南方，北方大型船场只有"凤翔府斜谷造船务"一家。

选择斜谷作为造船厂地址，原因在于陕西丰富的木材资源，特别是斜谷紧靠秦岭，木材资源丰富，同时斜谷水路交通便利，可以依托"斜谷水"通于渭河上下，远及黄河流域，以至于大海。

"凤翔斜谷造船务"是当时陕西路（"路"相当于现在的省级行政区域）陇州凤翔府的"国有企业"。

宋元时期的马端临在其《文献通考》中有这样一组数字记载："诸州岁造运船，至道末（即997年）三千三百三十七艘，天禧末（1020年前后）减四百二十一。虔州(今江西赣州)六百五，吉州(今江西吉安)五百二十五，明州(今浙江宁波)一百七十七，婺州(今浙江金华)一百三，温州一百二十五，台州(今浙江临海)一百二十六，楚州（今江苏淮安）八十七，潭州(今湖南长沙)二百八十，鼎州(今湖南常德)二百四十一，凤翔斜谷(今陕西眉县西南)六百，嘉州四十五。"由此可见，北宋时期，全国所有造船场中，斜谷造船务的生产量排行第二(年额产600艘)，"仅盾虔州(年额产605艘)之下"；庆历年间，年造船总量为3000艘，从包拯奏表中的记述看，斜谷造船场不仅生产的是大型船只，而且数量占到当时全国造船总量的五分之一。也就是说，在大宋朝江河湖海奔忙的船只中，每五艘中就有一艘来自于"凤翔斜谷造船务"。由此我们可以想见"凤翔斜谷造船务"当时举足轻重的生产地位和恢弘的规模，以及高超的造船技术。从现有可见的其他零星资料来看，天禧末年到庆历、元丰的近百年期间，"凤翔斜谷造船务"的造船年额都是600艘。

大规模的造船量，必然要用到大量的木材原料。到了庆历年间，"凤翔斜谷造船务"采买原料的经费因为凤翔府和陇州的拖欠常常不能到位，因此制造600艘600料船的材料供应出现了问题。

政府财政不到位形成的采购亏空又被官府以向城郭户及部分农民强制按户摊派、低价收购上贡军用品的制度（称为军科率）转嫁到老百姓的头上。官府随意地压低船材价格，致使"前后人户破荡家产不少，每户锢身者不下三两人"不少人，包括为这个造船厂供应木材的差役等每年都要赔钱一两千贯，因此常常导致百姓和差役不堪债负而家破人亡。

宋仁宗庆历七年（1047年）四月至八年（1048年）五月，包拯任陕西转运使。北宋"转运使"相当于中央派出的特派员，专事审计、检查之责。

包拯到"凤翔斜谷造船务"视察调研，详细了解情况、剖析问题的本源，认识到"若稍不行宽恤，则疲困之民无保全之望"。于是他依据自己的调研实情向朝廷上呈奏表，请求朝廷免除相关城郭居民和部分农户向朝廷上贡军资物品的沉重负担，以减轻老百姓的重负，避免各级官员按户头压低价格、强行摊派。这就是包拯《请权罢陕西州军科率》的基本内容。

宋仁宗很快恩准了包拯的奏章，下旨"罢秦陇所科斜谷务造船材及罢七州所赋河柱竹索皆数十万"。

这件史实零零星星见于一些史志资料，在宋元明清的相关眉县的史志中却没有记载，而且在眉县历次县志中也无记载。"斜谷造船务"，像被历史烟尘朦胧了的背影，模糊难辨。至于这件事不被北宋国家地理总志《元丰九域志》记载、也见于本县史志的原因，现在推测可能是由于保密原因。因为从《请权罢陕西州军科率》奏表来看，"斜谷造船务"向百姓和差役摊派的是"军科率"，即"斜谷造船务"是一个属于主要建造军用大船的"军事单位"，故而当时的史志未有记载。幸有包拯奏表如一缕光，从一罅缝隙中透出，照亮了"斜谷造船务"已远去的背影。

"斜谷造船务"创建于何时？停产荒废于何时？到目前，没有可见确切的史料回答这些问题。在斜谷这个古风古意的地方，虽多更久远的故事传说，但"斜谷造船务"却也只留下一个博大的名字让人们去仰望那远去历史的背影……

不管是什么原因让历史忽视了"斜谷造船务"，然而这个北宋曾辉煌了近百年的国家第二大型造船厂依然透过历史的字里行间，让我们能看到它昔日恢弘的规模和遥远的背影。

读着这些文字，想象着这段历史往事的时候，眼前出现了一幅写意的画面：夕阳下，一艘挂着"宋"字旗帜的大木船，向着平线的远端挂帆远行。隔着宽阔的水面，在画的近处，有"斜谷造船务"字样的幡在风中飘动……

后记一

刘秋让

　　笔者是我的挚友，自20世纪80年代求学时期相识，到现在30多年过去，时间见证了一个风华正茂的少年追求理想、拼搏努力的时光，也见证了他的辛勤耕耘、桃李满园的工作生涯。

　　人生如白驹过隙。如今，烨琼兄也已届知天命之年，50个春秋岁月的阅历为他的创作积累了丰富而宝贵的素材。

　　烨琼兄下笔写作总是文思泉涌，一气呵成。他对故土人事的深情记述、对家乡风物的探究考证，都饱含了他对这片黄土地的深沉的爱。当他每每成文之初，我都争取第一个拜读。读起来，文章的字里行间似有家乡的煦风拂面而来，可以提神、可以醒脑、可受鞭策。

　　值此佳作结集出版之际，我自然替挚友由衷地欣喜。

　　期待与大家一起品一盏有如家乡西风一样醇香的《乡风呓语》！

2017年初秋

（刘秋让，西北工业大学副教授、校区办副主任）

后记二

杨烨琼

我的写作始于2014年第一篇散文《敕封碑的历史故事》在《宝鸡日报》副刊上发表。

这篇文章的发表激发了我的写作信心，后在朋友们的鼓励和宝鸡职工作协的关注、关心之下也就一路前行、执笔不辍。

《乡风呓语》是我2014年至今作品的一个汇集，分为两部分。

第一部分是2014年至今发表在《宝鸡日报》副刊的散文，其中主要是以乡间碑石、志记考释为内容的历史散文，所以这部分结为一章，名为"乡间拾语"。

第二部分是一些以乡间记忆、趣人轶事为内容的散记。这些，就如散落乡间的风。如果你爱它，它就是存在；不爱，就当什么也没有发生。所以，名为"乡间风语"。

就本集所录文章而言，不论文字还是结构，回头来看，尚有许多让人抱憾和羞怯之处。

之所以产生结集付印之念，原因有三。

一是宝鸡市职工作协及朋友们一直的关注、关心和鼓励，使我一步一步走上了文学写作的道路，值此机会结集总结，以励于后，也并非不可。

二是同学、朋友、同事的支持。许多关心、支持的朋友在《宝鸡日报》上读了几篇我的文章进而了解到我的写作情况后，纷纷建议我能结集出版，把乡村这种"拾遗"而来的文化让更多的人了解，几位同学甚至表示愿意慷慨资助。这些热诚的支持让我感动于心。

三是这些碑石古事也是自己一趟趟寻访古地、一遍遍辨识碑石文字、详考细察的辛苦所成，其中涉及的乡间古事、先贤风采每每使我心生敬仰。历史面纱下的迷雾也常常使我心动，有急于与人分享之念！所以当接到市职工作协结集出版的通知后，回顾自己的作品，尽管尚感有羞于出手的尴尬，但还是不愿错过这样一次机会，也就知不可为而为了。

有一个故事，说是很久以前，有一位农人在冬天的南墙下晒暖暖，忽感这是极其爽意的事情，就想：国王身处深宫，定然是不知这等"南墙暖阳"之美。于是就自备干粮不辞万里辛苦上京，要去告诉国王"南墙暖阳"的爽美。

在文学创作的路上，我就像这个农人一样，是怀着急于分享和满心的诚意来写作和整理这本文集的，目的无非是想要把乡间的美事与朋友们分享。

读者便是我的创作要奉献给的帝王！但愿看到本书的朋友们不要笑话我愚笨的诚挚！

呈现给朋友们的，就是这样一本乡间"拾遗"性质的册子，虽如摘叶为笛，粗犷简单，但也是自己用心的声音。

结集之际，心存感恩！

感谢《宝鸡日报》副刊部一直以来的鼓励、鞭策！

感谢宝鸡市职工作协的关注、鼓励与支持！

感谢一直以来诚挚地支持着我的同学、朋友、同事和领导！

感谢一直支持着我的家人！

喜欢，就当故事读；不屑，就当风的呓语，且让它随风过耳远去！

2017年初秋于眉城

字里行间跳动着自己的"心电图"

——《阵地文丛》总跋

白　麟

又是深秋，叶子红过之后开始纷飞，万物就要尘埃落定，只等大雪为勤快的一年封口。

这多像我们匆促的青春，许多事情还没顾及，就被风一吹而散。人生或许就是这样，让你猝不及防！到了一定时间小结甚至总结一下，就显得很有必要——

给自己出本书不妨是一个美好的选择。去年这个时候，我纠集了一帮宝鸡诗人陈泯、范宗科、武岐省、荒原子、牟小兵、秦舟、柏相、魏娜、王金辉、庄波，冒冒失失地编排出版了第一套《阵地诗丛》（11种），手忙脚乱、力不从心，却也算是吹响了新世纪宝鸡诗人集体出征的"集结号"，成就了宝鸡本土第一套公开出版的诗丛。有了经验垫背，今年第二套《阵地文丛》的编印就感觉从容淡定多了。

承蒙大家多年信任继续加盟"阵地"，这次《阵地文丛》还是11种。其中散文集7种，张占勤的《挑灯夜话》、赵洁的《花开半夏》、闫瑾的《我们在一起》、狄江平的《一城江山》、唐志强的《风从周原来》、杨烨琼的《乡风呓语》、车丽丽的《愿我们总能被温柔相待》；小说集2种，朱百强的中短篇合集《梦中的格桑花——朱百强新农村故事系列作品选》、姚伟的小小说集《爱的拼图》；诗集2种，寇明虎的《岁月印痕》、赶阔的《天地遥迢》。虽说杂一些却种类齐全、颇具规模。跟去年一样，这套文丛中的绝大多数作者是第一次结集，有些业余写了一辈子，出书是夙愿更多也是希望给自己和家人一个交代。但这有意无意间却展示了新世纪宝鸡文学的潜力！

春华秋实，水到渠成。从风华少年一直到花甲苍生，五味人生各有各的体味。流年飞度，万事虚浮，字里行间那跳动着的其实是自己的"心电图"，记录着各自的"情感档案"，当然值得保存。

不辜负韶华，也不辜负众望，这套书权且是人生大书中夹带的书签，慢下来翻阅一下自己的光阴故事，还是蛮有成就感的吧。

正逢路遥逝世25周年的忌日，草草写下简陋的文字以示纪念。想想也是，在人世间留下的就剩他的文字了。最后借用时下一句流行语作为文丛的总跋：不忘初心，继续前进！

2017年11月17日

（白麟：诗人、词作家、文化策划撰稿人，系中国作家协会会员，陕西省职工作协诗歌委员会主任，宝鸡市职工作协主席。）